KB126894

나 는 글쓰기로 설렌다.

공저 김미성·김민정·김선혜·김유성

Contents

우리 모두는 자기 삶의 저자입니다

누군가 제게 지금까지 살면서 제일 잘한 일이 뭔지 묻는다면 저는 한 단어로 답하겠습니다. 책 쓰기. 책 쓰기는 제게 새로운 길을 선사했고, 덕분에 '내게도 이런 일이 일어날까?' 한 번도 생각하지 못했던 멋진 일들이 펼쳐졌습니다. 책 집필을 통해 삶을 바꿀 수 있음을 체험하면서 다른 사람의 성장을 돕는 책 쓰기 교육을 시작했습니다. 이 또한 책 출간이 선사한 선물입니다.

오래전 처음 책 쓰기 교육을 준비하면서 한 가지 목표를 마음에 새겼습니다. 바로 좋은 책을 쓰도록 돕는다는 것입니다. 좋은 책에 대한 절대적인 기준이 있는지는 모르겠지만, 제가 생각하는 좋은 책은 진정성을 담아 자신과 독자의 정신과 삶에 긍정적인 자극을 주는 것입니다. 좋은 책은 책과 저자가 따로 놀거나 분리되지 않습니다. 책을 쓰며 먼저 저자 스스로 성장해야 좋은 책을 쓸 수 있습니다. 책 작업과 삶이 서로에게 자양분을 제공하여 선순환을 그리며 함께 성장할 수 있도록 안내하는 게 제 역할입니다.

책 집필은 제가 알고 있는 최고의 공부법이자 자기 탐구 방법입니다.

한 권의 책을 쓴다는 건 본인의 화두 또는 절실한 문제를 풀기 위해 스스로 질문하고 성찰하고 답을 찾아가는 과정입니다. 그래서 책 쓰기는 성찰과 성장을 연결하는 다리와 같습니다. 글을 쓴다는 것은 스스로 자신과 삶의 안팎을 살펴보고 사유하고 정리하는 능동적 활동이기 때문에 이런 과정이 쌓이고 쌓여 임계점을 넘을 때 본질적 성장이 가능합니다. 이게 끝이 아닙니다. 성장은 성찰에 동기와 재료와 추진력을 더하여 더 깊은 성찰을 촉진하므로 그만큼 정신이 성숙하고 글쓰기도 넓어지고 정교해집니다. 이렇게 성찰과 책 쓰기와 성장은 선순환하며 상승효과를 일으킵니다.

저는 지금까지 아홉 권의 책을 출간했습니다. 책을 한 권 두 권 내면서 책을 쓰는 과정이 인생과 닮았음을 실감합니다. 하루하루가 모여 삶을 이루듯 한 장 한 장 글로 채워야 책이 됩니다. 모든 인생이 그 삶을 살아가는 사람을 닮을 수밖에 없듯이 모든 책에도 글쓴이의 마음과 언행이 투영됩니다. 요컨대 인생은 온전히 내가 한 단어, 한 문장, 한 페이지씩 써나가야 하는 책이며, 우리 각자는 자기 삶의 저자입니다. 때때로 스스로 묻곤 합니다.

"내 인생이 한 권의 책이고 내가 그 책의 저자라면 무엇을 어떻게 쓸 것인가?"

책을 한 권 한 권 완성하며 이 질문에 나름의 답을 하고 있다고 저는 믿습니다. 이렇게 삶은 책이 되고 책은 삶이 됩니다.

꼭 일기가 아니더라도 어떤 글을 쓴다는 건 그때의 나를 정교하게 기록해두는 일입니다. 이 기록에는 공부한 내용과 경험한 일과 가슴에 품어온 생각 등 다양한 것들이 담길 수 있는데, 그게 무엇이든 마음에 씨앗으로 뿌려지고 이내 나란 존재를 형성합니다. 특히 책을 쓴다는 건, 과거의 나에 관한 기록을 넘어 현재의 자신을 성찰하고 앞으로 만나고 싶은 나를 그려보는 길이기도 합니다. 책은 자기를 비추는 거울입니다. 유리 거울은 겉모습을 비춰주고, 책 거울은 존재를 비춰줍니다. 책 쓰기는 직접 거울을 만들어 나 자신을 갈고닦는 과정입니다. 성실히 글을 쓰고 한 권의 책으로 묶는 일이 자기를 재발견하고 자기다운 삶을 모색하는 훌륭한 방법인 이유가 여기에 있습니다.

이번에 인천광역시교육청에서 주최한 '내 인생의 첫 책쓰기' 연수는 매우 뜻깊은 교육입니다. 본 교육은 학부모를 대상으로 2개월 동안 총 8회에 걸쳐 진행했으며 회당 강의 시간은 150분에 달했습니다. 학습자들은 그저 강의만 듣는 게 아니라 매주 까다로운 과제를 붙들고 씨름했습니다. 여기에 더해 육아와 집안일까지 병행해야 했기에 더욱 만만치 않은 과정이었습니다.

그대가 손에 들고 있는 이 책은 이 모든 어려움을 극복해낸 결실입니다. 모두가 합심하여 이렇게 각자 앞으로 쓰고자 하는 책의 출간 기획서와 서문, 그리고 샘플 원고를 모아서 한 권의 책으로 펴낼 수 있게 되어 뜻깊습니다. 여기에 실은 기획서를 포함한 모든 내용은 우리 학습자 한 사람 한 사람이 치열하게 고민하고 정성껏 작성한 결과물입니다. 물론 아직 최종본은 아니어서 개선할 점이 남아있지만, 하루하루가 쌓여 삶이 되듯이 책 작업도 이렇게 하나씩 하나씩 만들어 나가는 여정입니다.

한 권의 책을 완성하는 일은 중장기 프로젝트입니다. 짧으면 수개월,

길게는 몇 년이 걸리기도 합니다. 책을 쓰는 방법은 다양하지만 변하지 않는 진실이 있습니다. 꾸준히 써야 한다는 겁니다. 교육은 이제 마무리하지만 우리는 책 작업을 계속해야 합니다. 이 책이 우리 학습자들이 출간 동기를 되새기고 집필을 지속하는 데 도움이 될 거라 믿습니다. 아울러 본 교육에 참여하지 않았지만 책을 쓰고자 하는 분들에게도 다양한 출간 기획서를 접할 수 있는 흔치 않은 기회를 제공함으로써 긍정적 자극과 아이디어를 제공할 수 있으리라 기대합니다.

두 달 넘게 강사가 교육에만 집중할 수 있도록 배려해주시고 교육 준비를 도맡아 해주신 인천광역시교육청의 조윤경 장학사님에게 감사한 마음 전합니다. 짧지 않은 교육 기간과 많은 과제에도 불구하고, 그리고 무엇보다 부족한 강사를 믿고 끝까지 함께 해주신 모든 학습자 분들에게 진심으로 감사드립니다.

마지막으로 이 책을 손에 든 모든 분들에게 말씀드리고 싶습니다.

그대의 '좋은 삶'을 닮은 '좋은 책'의 저자가 되어주세요.
그대의 첫 책을 기다리고 있을게요.

홍승완,
'내 인생의 첫 책쓰기' 연수 심화과정 강사 · 〈내 인생의 첫 책 쓰기〉 저자

2023년 9월

김 미 성

운명? 웃기고 있네!
나는 운이 좋은 여자가 되기로 했다.

도서 제목 및 부제 (가칭)

- 운명? 웃기고 있네! 나는 운이 좋은 여자가 되기로 했다

저자 소개

김미성

홍익대학교 영어영문학과 졸, 정교사 2급 취득, 입시 영어 강사 20년, 성인 독서 20년 차이자, 10살 아들과 7살 딸을 키우는 엄마 경력 10년 차다. 결혼 후 영어 강사이자, 두 아이의 엄마, 한 남자의 아내로 살다가 마흔이 되면서 나의 삶을 돌아보던 중 글쓰기에 심취하여 글을 쓰기 시작했다.

전자책 『갓생 엄마 만드는 인생 비법서』, 공저 『엄마들의 이유 있는 반란』

기획 의도

- ✔ 운명이라는 이름으로 순응하는 삶이 아닌 '현재의 나'로서 가질 수 있는 강점을 최대한 활용하여, 적극적으로 운명을 개척함으로 어제보다 성장하는 삶을 꿈꾸도록 영감을 준다.
- ✔ 결혼하고 살면서 우리는 서서히 현실과 타협한다. 돈을 버는 건 쉽지 않은 일이며, 엄마만 바라보고 있는 아이들을 두고, 자리를 비우게 되면 무슨 큰일이라도 날 것 같은 두려움이 앞선다. 아이들은 태어나면서 엄마와 연결된 탯줄을 끊었지만, 엄마는 아직 아이들과 제대로 된 정신적 탯줄을 끊지 못하고 언제나 아이들 주변을 맴돌며 살아간다. '헬리콥터맘, 타이거맘, 캥거루맘, 돼지맘'등 엄마를 필두로 한 다양한 신조어들이 넘쳐난다. '프랑스 육아' 혹은 '미국 육아'라며 나라 이름을 붙인 신조어도 있지만, 한국 사람 특유의 정서를 살리면서 엄마도 살리는 육아는 어떠한 방향으로 나아가면 좋을지 두 아이를 키우며 나

자신에게 묻기 시작했다.

결혼하고 아이를 낳으며 엄마의 일상은 완전히 달라진다. 그러한 일상을 꾸려 가며 현실과 타협은 해나가지만, 나 자신과는 타협하지 못해 괴로운 나날이다. 어떻게 하면 이 현실을 타개할 수 있을까 방법을 찾아보려 하지만 딱히 묘안이 떠오르지 않는다. 답답함만 늘어날 뿐이다. 방법을 찾지 못하고 꽉 막힌 탈출구 속에서 헤매고 방황한다.

학창시절에는, 운명이 정해진 대로 사는 게 아니라 내가 원하는 대로 살 수 있음을 공부로 증명해 볼 수 있을 것이라는 사실에 희망을 건다. 그 희망을 붙잡고 시험 때마다 나 자신과 싸운다. 더 자고 싶지만, 이불을 박차고 도서관으로 향한다. 처음부터 공부 머리가 트인 것은 아니었다. 하지만 부딪히고 부딪혀가며 나만의 방식을 찾아나가다 보니 조금씩 성장하는 내가 보였다. 끝낼 수 없으리라 생각했던 해당 범위의 공부를 끝까지 마쳤고, 중간고사 때보다 이 정도 점수까지는 올려 보자고 세웠던 기말 목표에 어느새 근접해 있는 결과치를 눈으로 확인하면서 되는대로 사는 인생이 아닌 내가 꿈꾸고 계획한 대로 인생이 펼쳐질 수도 있겠다는 자신감을 얻는다. 그렇게 나는 대학에 들어갔다.

하지만 막상 세상에 나와 부딪혀 보면서 삶은 내가 계획한 대로만 흘러가지 않는다는 사실에 좌절한다. 그저 평범하게 나의 삶을 꾸려나가고 싶었지만, 그 평범함조차도 누군가에게는 어느새 꿈이 되어 저 멀리 달아나 버리곤 하는 기분이 드는 것이다. 인생의 과업이라 생각했던 일들을 하나씩 이루어 보기로 한다. 그 과정에서 이 사람이 아니면 안 될 것 같은 남자를 만나서 결혼을 했고, 나와 남편을 닮은 아이 둘을 낳았다. 두려웠지만, 우리의 보금자리는 확실하게 해 둬야 할 것 같아서 집을 샀다. 하지만 평범함으로 가는 길은 힘겹게만 느껴졌다.

이를 이루기 위해서 견뎌내야 할 나의 무게가 버겁다 느껴지곤 하는 것이다. 내가 설정한 기준이 너무 높았던 것일까. 양가 부모님을 챙겨 가며, 거기에다가 꼬물꼬물 어린아이들까지 때로는 나 자신에게, 때로는 남편에게 의지하며 그렇게 한 발짝 내디뎌 보는 우리네 삶이다. 하지만 그렇게 남들이 말하는 평범함의 기준을 맞추려 하다 보니, 무언가 자꾸 놓치는 것이 보인다. 꿈을 이뤘다고 생각하고 시작한 일이었고, 결과도 좋았다. 하지만 시간이 쌓일수록 그 경계선이 흐려진다. 그냥 이 자리에서 버텨도 된다. 충분히 잘하고 있었으니까. 그러나 조금은 다른 결로 나의 업을 확장해 보고 싶은 의욕 또한 샘솟았다.

그래, 20대에 세웠던 목표, 30대에 결혼하면서 세웠던 목표 그대로 앞으로의 인생을 살 수는 없는 노릇임을 알았다. 버텨온 세월 안에서 사고의 확장이 일어나고 있었다. '이게 정답이 아닐 수도 있겠구나'라는 현실 자각이 온몸을 휘감는다. 참을 수 없는 답답함의 근원이 바로 여기에 있었다. 잘하고 있다고 나 자신을 다독이는 것도 한두 번이지 자꾸만 어딘가 삐걱거린다. 내 마음속 깊은 곳에서는 답이 없는 질문만 하고 있다. 그래서 마흔을 앞두고, 때아닌 방황을 한다. 어떻게 하면 다시 인생 후반부 후회 없는 인생을 살아갈 수 있을지 생각하기 시작했다. 그간 평범함을 위해 달려왔던 나의 인생이 나에게 내공을 쌓게 해주었다. 하지만 이것만으로는 부족하다. 우리는 각자의 위치에서 내가 가진 최선을 이뤄보는 삶을 살아야 한다. 한 번뿐인 인생, 언제나 늦게 찾아오는 후회를 하고 싶지 않았다.

그리하여 나는 다시 제2의 자아를 실현하는 여정을 시작해 보려 한다. 온전한 자아 독립체로서 나를 세워서 진정한 정신적 자유를 만끽하고 싶어졌다. 그 자유를 조금씩, 하지만 오늘부터 실현하기 시작했다. 아이가 크고 난 후로 미루지 않기로 했다. 남편부터 챙기고, 내 삶이 안정된 후로 미루지 않기로 했다. 같이 갈 수 있다는 믿음이 생겼다. 마흔의 연륜으로 다시 뜨겁게 태울 수 있겠다는 가능성을 보았다.

그렇다면 다르게 살기 위해 어떻게 다시 시작해야 할까. 그런데 당장 하는 일이 있어서 사는 곳을 바꿀 수는 없다. 가족으로 묶여 있으니, 내 욕구만 따를 수도 없다. 그렇다면 최소한의 노력으로 다르게 살아볼 방법이 뭐가 있을까 하다가 내가 생활하는 시간대를 바꿔 보기로 한다. 아이들을 재우고 일과를 마무리하고 혼자만의 시간을 보내다 보면 새벽에 잠들기 일쑤인 생활이었다. 늦게 잠든 만큼, 아침잠이 많았던 건 당연한 일. 언제나 남편이 먼저 일어나 있었다. 그러다가 새벽 기상과 관련된 책을 읽고 또 읽으며 정신무장을 하게 되었고, 혼자서 해보기를 몇 번 실패하고 난 후, 사람들과 함께 일어나 해보기로 한다. 그렇게 나도 모르게 보증금을 지킨다는 명분으로 인증을 위하여 하루, 이틀 일어나다 보니 이제는 가족 중 가장 먼저 일어나는 사람이 되었다. 일찍 일어나니, 정신을 깨우고 하루를 시작하게 되고, 깨어난 의식으로 정성을 다해 아침밥을 차려 주는 날들이 하루

이틀 늘어나게 되었다. 끌려가는 아침이 아니라, 주도하는 아침이다.

이러저러한 변명을 늘어놓으며 실패하기 일쑤였던 새벽 기상이다. 행여나 남편이 일이 생기면 아이들을 재우고 수업해야 해서 새벽 기상에 제약이 많았다. 하지만 아이들도 어느 정도 컸고, 새벽 기상을 해야겠다는 목표가 뚜렷하게 자리를 잡자, 모든 시간을 나에게 올바른 방향으로 정할 수 있게 되었다. 시간을 정돈했다. 그러면서 에너지가 다시 모였다. 불가능하다고 생각했던 일들이 가능하게 되었고, 삶을 움직이는 기운이 달라짐을 느끼고 있다.

두 번째로, 언제나 책과 함께한 인생이다. 성인이 되어서 즐길 것들이 얼마나 많은가. 그 가운데에서도 언제나 나의 두 손 위에는 책이 들려 있었다. 인생 멘토를 책에서 구했다. 결혼 준비와 아이들 키우는 방법에 이르기까지 나의 인생을 발전시키고 싶어서 꾸준하게 책을 읽어 왔다. 그렇게 읽은 책으로 감명받고, 감화되어 삶에 적용해보는 것이 익숙한 삶이다.

하지만 어느 순간부터 머릿속에 생각이 넘치고 있다는 것을 알게 되었다. 아침에 운동하러 나가는 길에서만도 흘러넘치는 생각들로 가슴이 벅차올랐다. 나는 그냥 지나칠 수 있는 일상의 단편들도 의미 없이 흘려보내기 아쉬웠다. 어쩌면 좋을지, 어떻게 하면 좋을지 방법을 몰랐다. 나 자신이 정신이상자처럼 느껴질 정도였다. 그냥 무덤덤하게 살면 될 일을 뭘 그렇게 많은 생각을 하면서 사는 건지, 그런 내가 두려웠다. 그렇게 떠오르는 생각들은 그나마 학생들과 수업 하면서 조금 풀어내었을 뿐, 완전히 풀렸다고는 할 수 없었다.

그 과정에서 블로그에 글을 쓰기 시작한다. 온라인 모임을 알게 되면서, 일기가 아닌 메시지를 전달하여 사람들에게 영향력을 끼치는 방법을 깨닫게 되고, 다양한 소재를 가지고 나의 이야기를 쓰기 시작했다. 책을 읽고, 영화를 본 감상평이 아닌 오롯이 내 생각으로 이루어진 글을 쓰면서 나는 새로운 세계의 문을 열었다. 이는 마치, 20대 때 자동차 운전 연수를 마치고, 내 명의로 된 차를 산 후 처음으로 잡았던 운전대 같은 기분이었다. 그 운전대를 잡고 내가 가고자 하는 목적지를 향하여 나아가는 그 첫 짜릿함은 아직도 잊을 수 없는 경험이다. 나에게 글쓰기는 새로운 내 인생의 운전대 같은 것이었고, 이 운전대를 잡고 내가 원하는 방향으로 언제든지 갈 수 있겠다는 확신이 들었다.

삶의 변화를 꿈꾸는 독자에게 그 방법을 전하고 싶다. 당신도 할 수 있다고 응원하고 싶다.

주요 독자
- 어제보다 성장하는 인생을 위하여 부단히 삶을 채워나가는 여성
- 결혼 후 달라진 인생에 혼란스러워 삶을 내려놓고 의욕이 꺾여 버린 나를 다시 일으키고 싶은 엄마
- 비록 지금의 내 삶이 팍팍하고 똑같은 일상의 반복이지만 그 안에서 변화의 희망을 얻고 싶은 여성

기획의 특징 및 차별성
- [공감] 우리 주변에서 만날 수 있는 이 시대 여성의 이야기
  옆집 언니가 해주는, 하지만 친분이 없으면 들을 수 없는 엄마의

사는 이야기를 통해, 앞으로 어떻게 살면 좋을지 위로를 받고 용기를 얻었으면 좋겠다.

- [희망] 나의 운명에 굴복하지 않고, 현실을 벗어날 수 있다는 통찰력 제공
  아이들 키우느라 나의 세상에 갇혀 삶에 변화를 꿈꿀 수 없다고 좌절하는 여성들에게, 아직 늦지 않았다고 엄마로서 우리는 나를 바꾸고, 가정을 바꿔서 세상을 바꿀 힘이 있다는 희망을 주고 싶다. 삶의 변화는 아주 작은 변화에서 시작할 수 있다.

- [도구] 엄마를 위한 자기계발 노하우를 정리함으로써, 실전에 적용해보기 용이함.
  어디서부터 시작하면 좋을지 방법을 모르는 엄마들에게 필요한 도구적 측면들에 대해서 세세하게 알려 주고, 실행하는 방법을 제시한다.

- [시대반영] 코로나 이후 변화한 시대에 새롭게 적응하는 엄마들의 발 빠른 성공 일기
  아이의 성장과 더불어 엄마도 함께 성장하는 삶을 통해 나의 50대와 60대 그 이후를 위한 벽돌을 지금부터 찬찬히 쌓아 올리는 경험을 함께 나누고 싶다. 그 안에서 엄마의 자존감을 높이는 건 덤이다.

Contents

5. 정신적 자유를 이루다

6. 시간, 경제, 경험, 관계의 자유까지 한걸음

7. 여자 인생은 매 순간이 기회다

8. 나는 다시 처음으로 돌아간다

마치는 글

서문 및 샘플 원고: 다음 페이지에 첨부

학창시절 우리는 어떤 부모님을 만났는지에 따라 인생 초반의 그림이 그려지며, 누릴 수 있는 혜택 또한 확연히 달라진다. 생의 출발점은 우리가 정할 수 있는 영역이 아니다. 게다가 하워드의 다중지능 이론에 따라 개별 인간이 가지는 능력이 인지능력 이외에도 언어, 논리 수학, 공간, 신체 운동, 음악, 대인 관계, 자기 이해, 자연 탐구의 영역이 상호 조화를 이루며 자신의 역량을 펼칠 수 있다 하지만, 대한민국의 교육체계는 개개인이 가진 역량을 마음껏 펼치는 환경이라 하기엔 여러 제약이 존재한다. 그리하여 그 시스템에서 살아남지 못하면 우리는 나에겐 특별한 재능이 없는 것 같다고 생각하며 화살을 나 자신에게 돌린다. 어차피 노력해봤자 안될 거라는, 그래서 지금 나의 성적이 이 모양이라는 패배의식에 나도 모르게 젖어 들기도 한다.

무차별적이고 무비판적인 미디어에 대한 노출로 여성의 진정한 아름다움에 대한 인식은 나도 모르게 왜곡된다. 모름지기 마르고, 예쁘고, 피부에 잡티 하나 없어야지만 사랑받을 것 같다. 아니면 성격이라도 초특급으로 좋던가. 매체에 대한 비판 없는 수용은 여성의 결혼관에도 상당한 영향을 미친다. 마치 결혼이라도 하게 되면 인생이 대단하게 바뀌리라 생각하는 것도 한몫한다. 현실은 전혀 그렇지 않은데 기대는 높아진다. 하지만 막상 현실을 마주하게 되면서 우리의 기대는 한순간에 와르르 무너져 내린다. 그러면서 될 수 있다고 생각하는 것보다 안 될 수밖에 없는 이유를 찾고 있는 나 자신을 마주한다. 벗어나나 싶었던 그

길로 다시 들어서고 있다. 나의 엄마가 이렇게 살았기 때문에, 나의 아버지가 이런 사람이었기 때문에, 나도 그렇게 될 수밖에 없을 것이라는 부정적인 예측을 하게 된다.

대한민국 특유의 여성에 대한 사회적 의식은 지금 격변하고 있다. 세대 간 충돌이 여기저기서 일어난다. 여자라서 짊어지는 역할들에 대한 그 무언의 기대치에 나를 맞추려 드는 과정은 나를 더욱 옥죌 뿐이다. 고학력으로 탄탄한 경력을 쌓아가는 여성들은 늘었지만, 결혼하면서 이 모든 사실은 역전된다. OECD 국가 중 '일하는 여성' 지수는 11년째 꼴찌를 달리고 있다. 같은 여성들 사이에서도 워킹맘이니 육아맘이니 선을 그어 놓는다. 육아맘은 육아맘대로 워킹맘은 워킹맘대로 각각의 고충을 나누지 못하고 자신만의 섬에 갇힌다.

그동안 쌓아 온 나의 능력을 멈추지 않고 가겠다는 건데, 그 과정에 의미 없는 꼬리표를 갖다 붙인다. 무시하면 그만인 꼬리표를 쉬이 떨치지 못하고 괜한 자격지심에 괴로워하기도 한다. 그렇게 부지불식간에 가랑비에 옷 젖듯이 내 안에 잠재되어 있던 편견과 오해들이 내 자신에게 한계를 긋고, 제한된 삶을 살게 만드는 이유가 된다. 하지만 여기서 멈출 수 없다. 나 자신에게 나도 모르게 그었던 선을 지우고, 온전한 가능성을 믿는 순간 우리는 새롭게 태어날 수 있다. 20대의 꿈이 결코 평생 지속하여야 하는 것도 아니며, 결혼하면서 아이 키우느라 내 꿈을 펼치지 못하는 것도 아니다. 인생은 결코 객관식이 아니다. 정해진 선지도 없을 뿐더러 정해진 정답 또한 없다. 급속히 변해가는 환경 안에서 우리는 나만의 방식과 결대로 적응해 나가며 얼마든지 어제보다 조금씩 나아지는 삶을 꾸려나가는 주체가 될 수 있다.

이제 우리는 내가 나도 모르게 채웠던 모든 굴레를 던져 버리고 온전한 자유를 위해 당당하게 나의 삶을 쌓아 나갔으면 좋겠다. 워킹맘이든 육아맘이든 상관없다. 인생에 끌려다니는 것이 아니라 주도적으로, 남편과 자식의 목소리가 아닌 나의 목소리를 내는 삶을 살았으면 좋겠다. 경제적으로 주도권을 잡고 있어야지만 나의 목소리가 생기는 것은 아니다. 삶에 대한 주도적인 태도에서 나의 목소리를 낼 수 있는 것이다. 환경 탓, 부모 탓, 남편 탓은 그만하고 그래, 내가 선택한 내 탓으로 하자. 솔직해지기로 한다. 그리고 그 책임을 과감하게 감수해 보는 것이다. 책임을 감수해 가며, 도움이 필요한 영역에서는 확실하게 도움을 청한다. 속이 터지니까 '차라리 내가 하고 말지'라는 생각은 벗어 버린다. 도움의 손길을 구해야 한다. 나 혼자 잘한다고 인생이 뜻대로 풀리지 않는다.

배움을 손에서 놓지 않기로 한다. 이제는 세월 가는 대로 그냥 나이를 먹으면 안 된다. 빠르게 변화하는 세상 속에서 과거의 지식으로만 먹고 사는 시대는 끝났다. 검색엔진 시대가 마무리되고, AI 인공지능의 발달로 알아서 척척 대답해주는 챗GPT 시대다. 세상과 나를 계속해서 연결하자. 그 과정에서 나의 시야가 확장되는 만큼, 아이들을 이해할 수 있게 되고, 남편을 이해할 수 있게 된다. 물이 흘러야 썩지 않듯, 내 삶에 배움이 흐르도록 끊임없이 공부하는 엄마가 되었으면 좋겠다. 그 공부의 영역이 어떤 것이든 상관없다.

그 누구보다 나의 자존감을 세워 줄 수 있는 사람은 바로 나 자신이다. 내가 나의 자존감을 바로 세우는 당사자, 인생의 주인이 되었으면 좋겠다. 가상의 인물과, 옆집 엄마와, 내가 모르는 인스타 속 인플루언서와 나를 비교하지 말고 배울 점이 있는 롤모델을 찾자. 또한 지금 내가 있는 자리에 대한 자부심을 품기로 한다. 내가 있는 그 자리는 내가 아니면 채울 수 없는 자리다. 여러모로 다소 구멍이 나 있을지 모르겠지만, 스스로 생각하기에 부족하다고 단정 지을 수도 있겠지만, 그보다 지금 나에게 주어진 것들에 감사하는 따뜻한 시선을 보내 보자. 내 자식을 가장 사랑해주고,

그나마 내 남편을 가장 멋있다고 해줄 사람은 바로 나다. 지긋이 나의 있는 모습 그대로를 수용하고, 나를 알아가면서, 내 가족을 수용하는 품이 넓은 엄마이자 우아한 여성의 삶을 이루고 싶다는 열망이 생겼다.

그렇게 나의 자존감을 채우기 위해서 우리는 나만의 편향된 기억력이 필요하다. 오늘의 실수는 오늘의 반성을 통해 바로바로 피드백을 받아 내일의 성장을 위한 밑거름으로 활용한다. 그리고 내가 잘했던 일들 위주로, 성공 경험 위주로, 행복했던 추억 위주로 기억해 본다. 인간은 망각의 동물이므로, 자주 봐주고, 들춰봐야 한다. 그렇게 나는 당신이 한 번뿐인 인생 안에서 여자로서 태어난 장점을 최대로 활용하여 자신이 누릴 수 있는 정신적 자유를 누리는 삶을 살았으면 좋겠다. 그 무엇보다 사랑을 주고 사랑을 받으며, 나를 바로 세우고, 가족을 바로 세워 나로 인해 주변이 밝아지는 경험을 시작했으면 좋겠다. 그저 당신부터 가장 행복했으면 좋겠다. 그 행복을 내일로 미루지 말자.

1장 8. 나의 실체, 결핍투성이

Watch what people are cynical about, and one can often discover what they lack. (사람들이 무엇에 대해서 냉소적으로 구는지 지켜봐라. 그러면 그들에게 무엇이 결핍되어 있는지 알게 된다.) —George S.Patton

곧 마흔이다. 삶은 뭔가 안정적인 궤도로 나아가고 있는 듯 보였다. 오전에 평화롭게 아이들 둘을 학교와 유치원에 보내고 나면 나름의 자기계발로 운동이나 독서 혹은 공부를 하며 시간을 보낸다. 집안일도 해 놓고, 수업 준비도 한다. 오후에는 수업을 하거나 아이들을 챙긴다. 그저 평안한 일상이 반복되던 2022년이었다. 하지만 설명할 수 없는 답답함으로 삶에 의욕이 꺾였다. 꽉 막힌 느낌, 나는 매일매일에 충실한 것 같은데, 이렇게 사는 건 분명 내가 원하는 삶이 아닌 것 같은 기분이었다.

그러다가 2022년 12월 코로나가 어느 정도 끝나갈 무렵이라고 생각되던 바로 그때 문화센터에서 강의를 하나 듣게 된다. 원효정 작가님 강의로 10년을 넘게 남편과 중식업을 하다가 남편으로부터 독립하여 3년 만에 월 3000만원을 벌게 된 이야기였다. 우선 우리 부모님도 평생을 중식업으로 우리 남매를 키웠기에 첫 만남부터 공감 요소가 확실하여 이야기에 빠져들었고, 아이 셋 키우는 엄마로 중식업이 아닌 투자와 자기계발로 월 3000만원을 벌게 되었다는 이야기에 또 한 번 전율이 일었다. 그저 평범한 엄마이자 음식점 사장님으로 살 수도 있었던 사람이 월 천만 원도 아니고 삼천만 원이라니, 눈이 휘둥그레졌다. 그러면서 나의 삶을 돌아보게 되었다.

　그동안 나는 자기계발도 꾸준히 해왔었고, 독서도 손에서 놓지 않았으며, 심지어 돈도 그렇게 못 벌었던 게 아닌데, 어떻게 이렇게 차이가 날 수 있는 것일까. 지난 10년간 남편과 아이들만 생각하며 살아왔었는데, 그렇지 않아도 이러다가는 내 인생 그저 어제와 오늘이 똑같겠다고 느끼고 있던 찰나에 그 차이를 알고 싶었다. 그녀의 인생 이야기를 듣고, 그녀가 쓴 책을 읽으며 다시금 나를 돌아보았다. 그러면서 바로 작가님이 운영하시는 새벽 기상 모임에 등록하게 된다. 이제 나는 기상 시간이 완전히 달라졌다. 몇 번이고 시도했다가 안 되겠다고 나가떨어졌었던 나다. 그런데 이번에는 달랐다. 우선 해보았다. 그와 함께 그동안 안 읽겠다고 버텼던 『역행자』를 결국 읽게 된다. 그러면서 나의 자의식이 얼마나 강하게 똘똘 뭉쳐 있었는지 알게 되었다. 남들과 다르게 살고 싶다면서 어떻게 다르게 살고 싶은지도 정확히 모르고 있었다. 그랬다. 나는 그동안 내 삶에 솔직하지 못했다.

　무엇보다 나의 지적 욕망에 솔직하지 못했다. 항상 책을 읽어 왔다. 20대 때 좋아했던 책도 자기계발서였다. 다양한 방면으로 책을 읽기 시작했고, 인문 서적도 골고루 읽었다. 그러다가 두 아이를 낳으면서 내가 읽고 싶었던 책이 아닌, 아이들을 위한 책을 읽기 시작했다. 부모가 되기 위한 길을 정립하기 위해서는 당연한 절차라고 생각했었다. 그렇게 내가 읽고 싶었던 책보다는 아이들에게 도움이 될만한 책 위주로 읽으며 시간을 보냈다. 그러다 문득 내가 읽고 싶었던 책은 뭐였는지 잊고 말았다. 내가 읽고 싶은 책들에 대한 열망을 억누르고 있었다.

　두 번째로 돈에 대한 나의 열망에 솔직하지 못했다. 부자가 되었으면 좋겠다고 막연하게 소망하면서도 나는 이따금 돈에 대해 냉소적인 시선을 보냈다. 역시 물려받은 것이 있어야, 역시 저 정도 직업을 가졌어야, 역시 돈이 돈을 낳는 건가, 돈은 있다가도 없을 수 있어, 돈이 많다고 행복한 것은 아니지, 돈이 많으면 뭐해 등등 나도 모르게 '부'를 갈망하면서도 '부'에 대해 냉소적인 시선을 보냈다. 진정한 '부' 혹은 그러한 마음과 태도를 장착하는 척했을 뿐이지, 완전히 체득한 것은 아니었다. 내 시선에서 '저는 돈이 소중해요'라고 말하는 것은 돈이 없다고 말하는 것처럼 보였다. '대출이 있다'라고 말하는 순간 나는 뭔가 자본주의 사회에서 도태되는 것으로 생각했다. 자본주의를 잘못 알아도 한참 잘못 알고 있었다.

그 순간 또 한 대 얻어맞은 듯이 정신이 번쩍 들기 시작했다. 왜 내가 벌 수 있는 돈을 특정 금액으로 한정 지었지? 왜 남편과 나의 소득에 한계를 설정했을까? 진정 내가 원하는 부의 크기는 어느 정도일까? 부를 향한 열망이 없는 게 아니라, 그 부를 갖기 위한 노력과 방법을 몰라서 두려웠던 것은 아닐까? 생각이 꼬리에 꼬리를 물기 시작한다.

세 번째로 오랫동안 나를 짓눌러 왔던 결핍에 솔직하지 못했다. 그래도 나름 내가 처한 환경 안에서 내 나름의 방식대로 시간을 생산적으로 써 왔다. 그러나 이십 대 때에는 공부만 하고 싶었지만, 과외 아르바이트와 학원 강사로 일하며 시간을 쪼개 공부해야 했고, 삼십 대에는 아이들이 어리니 내 아이에게 집중하는 시간을 충분히 갖고 싶었지만, 그럴 수 없었다. 언제나 나에게 시간은 부족한 자원이었다. 소비를 줄이고, 사는 집의 크기를 줄여서도 할 수 있었겠지만, 그건 또 포기하지 못했다. 그렇게 나는 진짜 나의 욕망에 솔직하지 못하였고, 그로 인해 중심이 흔들렸다.

그러다 문득 이렇게 앞으로도 계속 나의 결핍을 무시하고 살게 된다면 내 삶이 너무 불행해지고, 무너질 것 같다는 생각이 들었다. 내가 해보고 싶었던 것이 정말 무엇이었는지 생각해보지도 못한 채 이렇게 바쁘게 삶을 굴리고 나면 잘살았다는 뿌듯함보다는 후회가 더 클 것 같았다. 그 순간 모든 것이 정지하고 말았다. 시간이 멈췄다. 항상 꿈이라는 것이 내 손 안에 있었는데, 어느새 그 꿈들이 모두 사라졌다. 무엇을 잡고 가야 할지 방향성을 잃었다.

시간 속에 나는 침잠하였고, 그 가운데에 나의 모든 결핍이 시간에 있음을 알았다. 대대적인 변화가 필요했다. 소모적인 삶이 아닌, 나의 시간 결핍을 온전하게 채우는 생산적인 방식이 무엇일지 찾아보기로 했다. '시간부자'가 되고 싶다는 강력한 열망이 일었다. 나와의 진솔한 대화를 통해 나의 결핍을 파악했고, 그 결핍을 채우는 방법이 무엇일지 고민하며, 그렇게 결핍을 채우기 시작해서 내가 시간을 얻게 되면 나는 그 시간에 무엇을 하고 싶은지, 더는 어제와 똑같은 하루로 살면 안 되는 나만의 이유를 써내려 나갔다. 그것이 오늘 내가 책을 쓰게 된 계기다. 나의 진정한 욕망을 들춰 보기 시작하면서 나는 새로운 정체성을 만들어 가기로 했다.

2장 4. 글쓰기

Reading maketh a full man ; conference a ready man ; and writing an exact man. (읽기는 온전한 사람을 만든다. 담론은 준비된 사람을 만들고, 글쓰기는 정확한 사람을 만든다.) -Francis Bacon

항상 머리에 생각이 많아서 답답했다. 산책하러 나가거나, 밖을 나가면 주변에서 일어나는 다양한 현상들에 대해서 아무렇지 않게 지나치고 흘려보내 지지가 않았다. 생각이 생각에 꼬리를 물고 일어났다. 그 생각에 대한 답을 찾기 위해서 독서를 하면 좀 풀릴까 하여 책을 읽었지만, 그것으로도 한계가 있었다. 그나마 나도 모르게 그 생각의 실타래가 풀리는 때는 책을 읽고 블로그에 리뷰를 올리면서였다. 책의 내용을 정리하고 나면 일단 일차적으로 뿌듯하다. 하지만 진짜 재미있는 부분은 책을 읽고 난 후 내 생각을 써 내려갈 때였다. 저자의 생각을 나의 현실에 적용해서 어떻게 풀어나가면 좋을지 생각하고 이를 글로 풀어내는 과정에서 시간 가는 줄을 모르고 적어 내려갔다. 책을 읽고 난 감상 말고도 아이들과 여행을 다녀오거나, 체험하고 오면 그 이야기를 블로그에 올리기 시작했다. 글쓰기를 시작한 초반에는 자의식에 영향을 많이 받아서 솔직하게 써내려 나간 글이라기보다는 정말 말 그대로 깊이가 떨어지는 피상적인 글들에 불과했다. 그렇게 블로그에 글을 적는 것 말고는 다이어리에 조금씩 생각나는 대로 끼적거린 다던지, 수다로 감상을 풀어내는 것이 전부였다.

그러다가 온라인에서 '1인지식기업가' 과정을 통해서 나의 강점과 약점을 찾아 분석하고 정리해서 글을 올려 본다든지, 지난 3년간 내가 꾸준히 해온 일이 뭐가 있을지 생각해보고 적어보는 일련의 자기 생각을 정리해서 글로 써보는 과제를 해나가면서 나는 알 수 없는 희열에 빠졌다. 그전에는 내 글의 대부분이 여행 이야기나 읽은 책에 국한되어 있었다. 하지만 이 과정에서 나는 온전히 나의 이야기를 쓰기 시작했다. 그 누구의 이야기가 아닌 나의 이야기를 적었을 뿐인데, 이야기가 술술 써졌다. 어떤 날은 글을 쓰면서 나도 모르게 눈물을 훔치는 날도 있었다. 그렇게 나는 마음 속 깊이 자리 잡았던 나만의 이야기를 꺼내며 나 자신을 치유하고 용서했다.

더불어 머릿속에 떠다니던 무수한 생각들이 나의 글로 온전히 펼쳐지는 모습을 보면서 나 자신이 가뿐해지고, 가벼워졌다. 세상 모든 걱정거리를 짊어진 것 같았던 모습이 아닌, 점점 해맑아지는 나 자신이 보이는 것이다. 확신이 들었다. 이렇게 적어 놓으면 온전히 짊어질 필요가 없겠다는 안도감이 들었다. 한자씩 내 생각 덩어리들을 글로 옮기면서 책임감에 급하게 떠밀려서 사회생활을 시작하기 전 나의 글쓰기에 대한 순수한 열정의 장면들을 다시 꺼내 보는 시간을 보내고 있다. 중학교 때에 과학 독후감을 썼고, 이를 잘 쓰고 싶어서 책을 읽고 또 읽으며 고치고, 친구들한테 보여 주면서 괜찮냐고 피드백을 받아 원고를 마무리했고, 결국 그 원고로 최우수상을 탔던 기억이 떠올랐다. 학부생 시절에는 웬만한 리포트와 시험이 서술식이었다. A4 크기보다 큰 종이에 두 시간 내내 내가 공부했던 내용을 시험지에 쏟아 내야 하는 시험 형식이 대부분이었다. 그때 나는 비교적 성적이 좋았고, 내가 공부한 내용을 써 내려감에 막힘이 없었다. 그저 시험 때문에, 점수를 잘 받기 위해 남은 힘을 쥐어 짜내서 써 내려 갔을 것이라 치부하고 넘어간 기억들이 지금은 그게 누군가에게는 결코

쉬운 작업이 아닐 수도 있었겠다는 사실을 깨달았다.

그리고 생각보다 말주변이 없다. 생각을 정리할 시간이 충분히 주어진 상태에서 하는 말은 잘하는 편이지만, 갑작스럽게 소감을 말하라고 하면 그렇게 말에 두서가 없다. 반면에 남편은 언제든지 자기 생각을 조리 있고 논리적으로 표현할 줄 안다. 그런 남편을 보며 진짜 말을 잘한다는 것은 저 정도가 되어야 한다고 느낀 적이 한두 번이 아니다. 그럼 나는 말이라는 수단이 더 편한 사람일까, 글이라는 수단이 더 편한 사람일까 생각해 보았다. 남편은 종종 내가 카카오톡으로 소통을 하려고 하면 이해를 못 했던 사람이다. 전화라는 편리한 수단이 있는데 왜 카카오톡으로 하냐는 것이다. 그때 나는 문자와 카카오톡으로 소통하는 것을 더 선호한다는 사실을 알게 되었다. 말은 한 번 내뱉으면 고칠 수가 없다. 그렇기에 내가 의도하지 않았던 말을 내뱉게 되면 얼굴이 화끈거리고 그렇게 쥐구멍에라도 숨고 싶었다. 하지만 카카오톡과 문자는 생각을 전달할 때 시간 여유가 있다. 굳이 하지 않아도 될 말일 것 같다 싶으면 바로 지우고 쓸 수 있다. 바로 내 앞에서 얼른 답을 달라고 재촉하지도 않는다. 나만의 시간을 조금 갖고 난 후에 답변해도 급한 용무가 아니면 상호 당사자 간에 충분히 이해를 해주는 수단이 아니던가.

글을 전보다 더 많이 쓰면서 또한 몸소 느끼는 변화는 오늘과 어제가 똑같게만 느껴졌던 일상에 새로운 활력이 돌기 시작했다는 점이다. 나의 마지막 직업은 영어 강사인 줄 알았다. 하지만 나는 그 이상을 원하고 있었고, 그것이 무엇인지 도대체가 몰랐다. 그러나 지금 이렇게 나의 책을 쓰겠다고 겁도 없이 덤벼서 책을 쓰고 있는 나는 무한한 희열과 흥분을 감출 수가 없다. 아침부터 저녁까지 글을 쓰고 싶다는 생각뿐이다. '어떻게 하면 시간을 내서 글을 쓸 수 있을까' 그 생각만 하고 있다. 멈추지 않고 배워서 그 배운 것을 글로 정리하여 다시 사람들과 나누고 싶다는 열망이

강해졌다. 그저 단순히 일기에 그치는 것이 아니라 나의 일상이나 독서, 혹은 공부에 나의 사색을 더해 메시지를 담아서 나의 글로 사람들의 삶을 풍요롭게 하고 싶은 열망이 일렁인다. 우리 삶의 변화는 생각의 변화에서 오고, 때로는 그 생각의 변화가 짧은 글을 통해서도 가능하다고 믿는다. 그런 글을 쓰고 싶다. 정체되어 있던 삶에 다시 속도가 붙기 시작했다. 독서만 20년이 넘는다. 감히 내가 글을 쓸 것이라, 책을 낼 것이라 생각해 본 적도 없었다. 하지만 세상이 바뀌었다.

　단순히 지식을 소비하는 삶이 아닌, 집어넣기만 하는 삶이 아닌 생산적인 삶으로의 전환이 필요했다. 독서가가 작가가 된다는 건 더 이상 특별한 누군가에게만 허락된 것이 아니다. 작가는 또한 애독자이기도 하였다. 세상에 나와 사람들과 소통하지 않았더라면, 그저 답답한 마음 부여잡고 나만의 생각에 갇혀 책을 읽어 가며 답을 찾으려 했을지도 모르겠다. 그러나 이제 나는 소통하며 성장하는 삶을 산다. 이러한 삶의 변화는 글 쓰기로부터 비롯되었다. 나는 오늘도 그 누구도 아닌 나 자신에게 매일 매일 최고의 선물을 준다. 그 선물은 바로 글을 쓰는 시간이다.

김 민 정

우리의 봄날은 뜨겁다

서툴지만 찬란한, 그녀들의 사춘기

도서 제목 및 부제 (가칭)

- 우리의 봄날은 뜨겁다
- 우리의 봄날 : 서툴지만 찬란한, 그녀들의 사춘기
- 너와 나의 봄날 : 서툴지만 찬란한, 그녀들의 사춘기

저자 소개

김민정

대학을 졸업하고 20년 가까이 언론출판업계에서 일했다. 결혼해서 연년생 딸과 아들을 낳았지만, 시간이 지나도 육아와 살림은 서툴고 어렵다. 40대 중반을 향해 가던 무렵 직장을 그만두면서 예상치 못한 인생 최대의 위기에 봉착했다. 다름 아닌 딸아이의 사춘기.

책을 만들고 글을 쓰는 일을 오랫동안 업(業)으로 해오면서도, 정작 책을 쓰는 일은 먼 미래 어느 날에나 가능할 꿈같은 희망이었다. 그런데 딸아이의 사춘기가, 그 꿈같은 희망을 실현해볼 엄두조차 내지 못했던 지난 세월들을 분연히 떨치고 일어나게 해줄 줄이야.

딸아이와 함께한 사춘기를 어떻게든 기록해 두고 싶다는 간절함으로 집필의 시간을 견뎠다. 사춘기(思春期)가 왜 봄을 품고 있는지 알아내고야 말겠다는 모종의 탐구정신으로 글자 하나하나에 마음을 기울였다. 사춘기 라는 지독하고 치열한, 서툴지만 찬란한 봄날을 살아낸 혹은 살고 있는 혹은 앞두고 있는 독자들과 이 책을 나누고 싶다.

기획 의도

- 누구나 사춘기를 겪는다. 하지만 사춘기를 살아내고 겪어내는 모양은 저마다 제각각이다. 분명한 건 사춘기는 한 사람의 인생에서 봄날처럼 잠깐일지 모르지만, 몸과 마음을 성장시키고 성숙시키는 중요한 시기

라는 점이다. 그것은 비단 사춘기를 맞은 당사자뿐 아니라, 그의 가족에게도 마찬가지다. 그들이 엄마와 딸이라면 어떨까. 엄마와 딸은 가장 멀고도 가까운 사이라고 하지 않는가. 이 책은 사춘기라는 폭풍 속에 뛰어든 두 모녀의 가슴 찡한 성장통을 담았다. 마치 이웃집 엄마와 딸의 일기장을 들여다보는 듯 솔직하고 유쾌하게.

- 엄마의 입장에서 사춘기 자녀와의 일상을 풀어낸 에세이나 자녀교육 노하우를 알려주는 책은 많지만, 사춘기 자녀가 직접 자신의 입장을 이야기하는 사례는 드물다. 이 책은 하나의 에피소드 안에 엄마의 관점과 딸의 관점을 함께 담아 독자들에게 특별한 재미와 감동을 선사한다. 엄마의 글과 딸의 그림이 빚어내는 컬래버(collaboration)는 두 모녀가 화해하며 함께 성장해가는 과정을 생생하게 보여준다.

- 서로 상처를 주고받으며 싸웠다가 화해했다가, 사랑했다가 미워했다가를 반복하는 엄마와 딸. 사랑하는 연인 사이라면 이런 밀당이 짜릿하고 달콤할 수 있겠지만 두 모녀에게는 고달프고 참담할 따름이다. 14살 딸아이를 낯선 세계의 사람으로, 새로운 인격체로 바꿔놓은 사춘기에 제대로 뒤통수 맞은 엄마의 컬쳐 쇼크(culture shock). 자녀를 키우는 부모라면 누구나 공감할 것이다. 이 책은 뜨겁고 치열했던 봄날을 지나온 부모와 자녀에게 아득한 기억을 들춰보는 재미와 웃음을, 전쟁 같은 일상 속에 혹독한 봄날을 살아내고 있는 부모와 자녀에게는 동지를 만난 듯한 반가움과 위로를 선물할 것이다.

주요 독자

- 사춘기 딸과 함께 폭풍 같은 일상을 보내고 있는 사십춘기(40대) 엄마들
- 사춘기를 앞두고 있는 딸을 바라보며 고민이 많은 30대 엄마들

- 자녀의 사춘기를 떠나보낸 인생 선배 엄마들
- 질풍노도의 시기를 보내고 있는 10대 친구들
- 엄마를 이해할 수 없는, 이해하고 싶은 10대 친구들

기획의 특징 및 차별성

- **사춘기에 빠진 '엄마와 딸'의 성장&공감 스토리를 솔직 유쾌하게 담아 낸다.**
- ✔ 사춘기를 앞둔, 사춘기를 보내고 있는, 사춘기를 지내온 엄마와 딸 이라면 누구나 공감할 소재들을 풍부하게 담았다.
- ✔ 쉽고 간결한 문장과 저자 특유의 감성적 필체로 또래 친구의 일기장 을 들여다보는 듯한 편안함과 재미를 안겨준다

- **엄마의 글과 딸의 그림이 빚어내는 콜라보가 특별한 재미와 힐링을 선사한다.**
- ✔ 엄마가 풀어내는 에세이 형식의 글에 딸의 삽화와 짤막한 메시지를 덧붙여, 한 편의 에피소드를 완성한다.
- ✔ 엄마와 딸이 함께 볼 수 있는 그림에세이 형식을 취하면서, 엄마만의 목소리가 아닌 딸의 목소리도 같이 담아 또래 독자들의 공감을 유도 한다.
- ✔ '사춘기 모녀의 성장통'을 담은 이 책의 핵심 메시지를 독자들에게 효과적으로 각인시킨다.

- **각 에피소드의 단상을 켈리그라피로 표현한다**
- ✔ 저자가 책을 쓰면서 직접 배운 켈리그라피로 각 에피소드의 단상을 담아낸다.

✔ 한 줄로 만나보는 사십춘기 엄마의 켈리그라피는 독자들과 함께할 수 있는 또 하나의 힐링 포인트가 된다.

Contents

에필로그_우리의 봄(春)은 미치도록 찬란하리라

서문 및 샘플 원고: 다음 페이지에 첨부

사춘기(思春期)는 왜 봄(春)을 품고 있을까

갑자기 날아든 이슈

내 이름 석 자가 박힌 책 한 권을 쓰고 싶다는 건 아주 오래된 그래서 빛바랜 꿈같은 것이었다. 꿈이라 자신 있게 말하지 못하는 건, 어떻게든 실현해보겠다는 절실함이 있었나 싶어서다. '커서 작가가 되겠노라' 마음을 품었던 십대 소녀가 마흔을 훌쩍 넘은 아줌마가 될 때까지, 꿈같은 그 바람은 아득한 시간의 물결을 타고 먼지가 잔뜩 쌓인 보물상자처럼 기억 어딘가에 자리하고 있었다. 언제 어느 순간 사라져 버린다 해도 이상할 것이 없는 채로. 그렇게 '내 이름이 박힌 책'을 손에 쥐어본다는 건 비현실적인 환상처럼 느껴졌다.

그래도 오래 전 헤어진 연인에 대한 미련 같은 것이라고 해야 할까. 난 그 꿈같은 바람의 언저리를 맴돌고 있었다. 대학 졸업 후 최근까지 어찌됐든 글을 쓰는 일을 하며 경제활동을 해왔으니까. 그렇게 긴 시간 꿈인지 뭔지 모를 막연한 희망의 언저리에 있으면서도 그 간극을 좁혀볼 엄두를 내지 못하고 있던 내게 예상치 못한 이슈가 생겼다. 바로 14살 된 딸아이의 사춘기. 다니던 직장을 그만뒀을 때 그녀는 4학년 끝자락을 보내고 있었다. 그때만 해도 우리 둘 다 마냥 해맑았더랬다. 장차 닥쳐올 폭풍 같은 현실도 모르고.

대혼돈의 멀티버스

이듬해 5학년이 된 그녀는 뭔지 모르게 달라지고 있었다. 자기 생각이 한 번에 관철되지 않는다 싶으면 말에 부쩍 힘이 들어가는 게 느껴졌다. 전 같으면 별일 없이 넘어갔을 일에 고집을 피우는 일도 종종 생겼다. 2학기에 접어들어서는 얼굴에 좁쌀 같은 여드름이 하나둘 나더니, 얼마 지나지 않아 초경을 시작했다. 6학년이 되더니 혼자서 휴대폰을 들여다보는 시간이 부쩍 늘어났다. 같은 말을 반복하면 짜증부터 날아왔다. 그녀에게 말의 내용은 상관없는 듯했다. 만사가 귀찮고 피곤하고 잠만 자고 싶은 극강의 귀차니즘이 아이의 일상을 지배하는 광경을 무력하게 지켜보는 날들이 늘어갔다.

중학생이 되고서는 앞서 말한 일련의 증상(?)들이 농익을 대로 농익어서, 그녀와 부대껴야 하는 매일매일은 위태로운 줄타기의 연속이다. 서로 상처를 주고받으며 싸웠다가 화해했다가, 사랑했다가 미워했다가를 반복하는 날들.

처음엔 믿을 수가 없었다. 아니 받아들이기가 힘들었다고 하는 게 맞겠다. 받아들이기 힘들었던 그 처음이 언제인지도 모르겠다. 그녀에게 2차 성징이 나타나기 시작할 무렵 처음으로 인터넷에서 '초등생 사춘기'라고 검색을 해보긴 했다. 이 검색어로 내가 알고자 했던 정보는 '2차 성징이 나타난 초등생 딸에게 엄마가 해 줄 수 있는 것'이었다. 이런 청천벽력 같은, 지독하고 치열하고 참담한 봄날의 대혼돈이 나를 덮칠 줄은 상상도 못했다.

어떻게 내 딸이 이럴 수가. 사춘기 자녀를 둔 부모의 고민이란 남의 일인 줄만 알았다. 왜? 무슨 근거로? 대내외적으로 흠 잡을 데 없는 모범생이었던 그녀에게는 사춘기도 비껴갈 것이라 철썩같이 믿었는가. 이 무슨 근본 없고 생뚱맞은 신념인가. 나 스스로도 도저히 용납할 수 없는 순진함이 아닐 수 없다.

간단히 말하면, 그 정도로 그녀의 '돌변'이 엄청난 충격이었다는 말을 하고 싶은 거다. 내 딸아이를 아는 사람이라면 돌변이란 말에 이의를 제기할지 모르겠다. 솔직히 나도 주변에서 지인들의 자녀 얘기를 듣다보면, 우리 아이는 명함도 못 내밀겠구나 싶다.

그렇다고 해서 내 정신적 충격의 정도가 달라지는 것은 아니다. 14살 딸아이를 다른 차원의 우주 속 존재로, 전혀 새로운 낯선 인격체로 바꿔놓은 그놈의 사춘기에 제대로 뒤통수 맞은 엄마의 컬쳐 쇼크(culture shock)는 도대체 어디에 하소연할 수 있단 말인가. 그야말로 대혼돈의 멀티버스가 아닌가.

끝나지 않은 봄날
결혼 이후 잠깐의 출산휴가를 제외하고는 일을 쉬어본 적이 없기에, 아이들은 태어나면서부터 거의 대부분의 시간을 친정 부모님의 손에서 자랐다. 평일에도 야근이 잦았고, 주말에도 온전히 일에서 자유롭지 못한 날이 많다 보니, 내게 진정한 육아는 퇴사와 함께 시작됐다고 해도 과언이 아니다. 그래서 그녀의 사춘기를 맞닥뜨린 충격이 이토록 큰 것인지도.

그렇다면 나의 14살은 어땠던가. 최측근인 가족과 절친들의 증언, 크고 작은 퍼즐조각처럼 내 기억에 살아남아 있는 그 무렵의 몇 안 되는 사건 사고 및 에피소드를 끌어 모아 보아도 '나는 저러지(결코 그녀의 사춘기와 같지) 않았다'는 결론만 무한 반복될 뿐이다.

아, 몇 년 전 퇴사를 했을 때만 해도 인생의 새로운 2막을 펼쳐보리라 생각했는데. 그런데 내가 뭔가를 펼쳐보려 하기도 전에, 정말 새롭고도 새로운 2막이 내 눈앞에 펼쳐졌다. 잔인한 봄날 같은 그녀의, 아니 우리의 사춘기가.

내 인생에 봄날이 이렇게 찾아올 줄 몰랐다. 아니 이런 봄이 찾아올 줄 몰랐다. 아프고, 시리고, 서럽고, 억울하고, 치사하고, 짜증나고, 화나고, 어이없고, 황당하고, 우울하고, 허탈하고…. 지독한 감기가 가슴으로 온다면 이런 고통일까.

끝도 없이 지독해지게 만들어놓고, 모든 것이 아무런 의미가 없는 것인 양 무기력하게 만들어버리고. 성취감도 만족감도 없는 싸움에 치열하게 달려들게 해놓고, 이겨도 이긴 건지 져도 진 건지 모르게 만들어버리고. 어설픈 멜로와 스릴러, 공상과 판타지를 섞어 놓고 희극인지 비극인지, 눈물인지 콧물인지 모르겠는 눈물과 웃음이 난무하는 이런 장르를 어느 영화, 어느 드라마에서 본 적이 있던가.

그녀와 한바탕 난리를 치르고 거실에 앉아있노라면, 아직 끝나지 않은 봄날의 한복판에서 아군 한 명 없는 외로운 전사가 다음 전쟁을 기다리고 있는 심정이랄까.

그녀와의 화해

사춘기(思春期)는 왜 봄(春)을 품고 있을까. 적어도 내게 이 책은 그 답을 찾아가는 여정 그 자체다. 이 녹록치 않은 여정의 결과물이 내 이름 석 자가 박힌 첫 책이라서 고맙고 다행스럽다. 내 이성과 지성의 체계를 뒤흔든 그녀의 사춘기 ─어느 순간 나의, 아니 우리의 사춘기가 되어버린─를 마치 거친 비바람을 우산 하나 없이 오롯이 견뎌내는 심정으로 함께한 나를, 이보다 더 진솔하게 쓸 수 있을까 싶어서다. 그리고 한 가지 더, 폭풍 같은 시간들을 우산 하나 없이 오롯이 견뎌낸 건 나뿐만이 아니었다는 걸 알게 됐으니 고맙고 다행스러울 수밖에. 그래서 이 책은 내게도, 그녀에게도 봄날처럼 다가온 선물이다. 비록 풋풋하고 아련한, 순정만화 속 해사한 풍경의 봄날은 아닐지언정 두고두고 꺼내보고 싶은 선물이 될 것이라 믿는다.

이 책에 나오는 이야기들은 무엇 하나 특별할 게 없다. 사춘기 자녀를 둔

가정이라면 얼마든지 일어날 수 있는 소소한 일상들이다. 그 안에서 서로 부대끼며 아파하고 커가는 엄마와 딸의 성장통을 가감 없이 보여주고자 했다. 마치 건너편 이웃집 엄마의, 친구의, 친구 엄마의, 아줌마의 일기장을 들여다보듯이.

그리고 하나의 에피소드에 엄마의 관점과 딸의 관점을 함께 담아내, 서로의 생각과 입장을 이해하고 알아가는 과정을 독자들이 생생하게 느껴 볼 수 있도록 했다. 엄마의 글과 딸의 그림이 빚어내는 콜라보는 읽는 이들에게 특별한 재미와 힐링을 선사할 것이다.

책의 사이사이에 등장하는 켈리그라피는 내가 직접 쓴 것이다. 정식으로 배운 적도 없고, 시작한 지도 얼마 되지 않지만 이 책과 함께하면서 떠오른 단상들을 켈리그라피로 써보면서 마음속 무언가가 씻겨 내려가는 걸 경험했다. 이 느낌을 독자들에게도 전파해 보고 싶다는 욕심에 용기를 냈다.

이 책을 쓰는 내내 그녀와의 화해를 꿈꿨다. 싸움을 멈추고 안 좋은 감정을 풀어 없애는 화해(和解)가 아니라, 화목하게 어울린다는 의미의 화해(和諧). 이처럼 곱고 따뜻한 말이 있었다니. 곱고 따뜻한 것이 참, 봄을 닮았다. 너와 나의, 우리의 봄날도 그러하기를. 소박하게, 매일의 일기를 쓰듯 기도한다.

이 책을 세상에 내놓으면서 내가 하고 싶은 말은 단 두 마디다.

처음은 내 딸에게, "사랑해"

다음은 독자들에게, "당신만 힘든 게 아니랍니다"

이 책을 세상에 내놓으면서 내가 듣고 싶은 말도 단 두 마디다.

처음은 내 딸에게, "사랑해"

다음은 독자들에게, "당신만 힘든 게 아니랍니다"

어디선가, 그녀의 호탕한 웃음소리가 들리는 것 같다.

참치마요주먹밥, 좋아하세요?

당신은 매일 아침 이곳에서 진기한 드라마 한 편을 볼 수 있습니다.
작품의 제목은 '그녀와의 아침.'
주인공은 둘. 무뚝뚝한 40대 엄마와 더 무뚝뚝한 10대 딸.
러닝타임은 40여 분. 10대 딸이 눈을 뜨면 시작해 집을 나서면 끝납니다.
대사는 몇 마디 없는데 흥미롭습니다.
액션은 없지만 스릴이 있고 로맨스는 없지만 코미디가 있습니다.
오늘의 이야기는 뭘까요?

이른 아침, 알람이 울린다. 정신은 이미 깨어 있다. 알람이 울리기 몇 분 전이면 여지없이 눈이 떠진다. 눈을 뜨자마자 고민이 시작된다. 오늘 아침 뭐 먹지? 아니, '오늘 아침 뭐 하지?'라고 해야 더 정확하겠다. 먹는 게 고민이 아니라, 뭘 할지가 고민이니까. 갓 지은 쌀밥과 뜨끈한 국 그리고 5첩 반상을 떡하니 내놓을 수 있다면야 좋겠지만, 그럴 자신도 없고 무엇보다 아이들이 원치 않는다. 하지만 일주일에 한두 번 정도는 따뜻한 국물을 먹고 싶어 밥과 국을 내놓는다. 국에 밥을 말아서라도 조금 먹고 가면 든든할 거란 생각에…. 그럼 다른 날은? 토스트 아니면 샌드위치, 그것도 아니면 주먹밥 정도.

침대에서 몸을 일으켜 부엌으로 나와 서성인다. 뭘 할까, 뭘 할까. 그래, 참치마요주먹밥이다. 어제도 그제도 빵을 먹었으니까 오늘은 밥을 먹는 게 좋겠어.

참치마요주먹밥은 대충 만들어도 잘 먹는 메뉴 중 하나다. 다른 재료 없이 밥에 간단히 밑간을 하고 참치와 마요네즈를 넣고 섞어서 김에 싸서 주기만 해도 한 접시 비우는 건 금방이다. 오늘은 침대에서 뒤척거린 시간이 짧았던 탓에 조금 더 신경을 써보기로 한다. 아이들이 맛있게 먹어준다면야.

메뉴를 정했으니 부지런히 준비해 보기로 한다. 당근과 양파를 꺼내 잘게 썰고 기름에 살짝 볶는다. 단무지도 꺼내 잘게 다져놓는다. 참치캔 하나를 따서 기름을 짜내고 마요네즈와 설탕, 소금을 조금 넣고 섞는다. 볼에 밥을 담고 단무지, 양파, 당근을 넣은 다음 참기름 소금, 통깨를 넣고 밑간을 해둔다. 손바닥에 밥을 떠서 둥글납작하게 모양을 잡아주고 참치 마요 소스를 듬뿍….

"엄마!!"

너무나 가깝게 뒤통수를 강타하는 목소리에 깜짝 놀랐다. 손바닥 위에 있던 밥을 떨어뜨릴 뻔했다.

"아휴 깜짝이야. 왜?"

"내가 주먹밥에 참치 넣는 거 퍽퍽해서 싫어한다고 했잖아!"

엥? 어디선가 사이렌 비슷한 소리가 나는 것 같았다. 잠시 후 누군가 빛의 속도로 내 머릿속 문을 소리 없이 열고 들어와, 모든 것을 다 지워놓은 것 같은 몽롱함이 엄습했다. 그러더니 그 누군가가 내 머릿속 문을 '쾅' 하고 세게 닫아버리고 도망간 것처럼 머리통이 얼얼했다.

그제야 난 내가 지금 무슨 소릴 들은 건지 서서히 알아차릴 수 있었다. 그래, 등 뒤에서 내 고막을 가격한 날카로운 비명 같은 목소리의 주인공은 그녀였다. 그리고 그녀는 방금 전 내게, '주먹밥에 참치 넣는 거 퍽퍽해서 싫어한다'고 말했다. 그 한 마디의 톤과 뉘앙스가 어찌나 기묘하고 당혹

스럽던지. 처음 보는 외계인이 내 얼굴을 보고 다짜고짜 못생겼다고 화를 내는 것 같았다고나 할까. 기분 나쁜 것을 떠나 당황, 아니 황당함에 가까웠다.

잠깐 외출했다가 집에 돌아왔는데, 착하고 말 잘 듣는 모범생 딸아이가 집안을 난장판으로 만들어놓고 나를 보며 해맑게 웃고 있다면 이런 기분일까. 애처가인 줄로만 알았던 남편이 어느 날 사랑하는 사람이 생겼다며 내게 이혼 통보를 해온다면 이런 기분일까.

먹먹해진 정신을 다잡고 뒤를 돌아봤다. 그녀는 어느 새 거실 소파에 앉아 있다. 마치 누군가 곤히 자고 있는 자신의 몸을 들어 억지로 그곳에 앉혀다 놓은 듯 한껏 짜증이 올라온, 불쾌한 표정을 하고선.

"주먹밥에 참치 넣는 거 퍽퍽해서 싫어한다고?"

보다 명확한 확인이 필요했던 걸까. 똑같은 말 두 번 하는 거 세상에서 제일 싫어하는 그녀에게 난 굳이 왜, 토씨 하나 바꾸지 않고 그녀의 말을 그대로 내뱉었을까? 그래, 난 명료한 대답이 필요했다. 상처 받을 각오를 하더라도, 다시 한 번 그녀의 목소리로 확인을 받고 싶었다. 그녀가 주먹밥에 참치 넣는 건 퍽퍽해서 싫어한다는 정보는 애당초 내 뇌 어디에도 저장돼 있지 않았다.

"내가 한 달 전쯤에도 싫다고 했는데 몰랐어? 할머니한테도 말했는데."

아니, 잠깐. 이건 아니잖아. 한 달 전에도 말했다고? 나한테? 주먹밥에 참치 넣는 거 퍽퍽해서 싫어한다고? 그리고 그걸 엄마한테도 얘기했다고? 너 혹시 나 말고 다른 엄마 있니? 그래서 외할머니도 한 분 더 계신 거니? 한 달 전에 나한테 무슨 말을 했다는 거야? 난 전혀 들은 기억이 없는데? 들은 기억이 털끝만큼이라도 있다면, 이 아침에 이 수고를 해가며 너 먹이겠다고 이 짓을 하고 있겠니? 너라면 하시겠어요?

샤워기 물구멍 개수보다 많은 질문들이 목구멍을 타고 올라왔다. 울컥,

억울함이 솟구쳤다. 살짝 서럽기도 한 것 같다. 차라리 아침밥 먹기 싫다고 투정을 부리는 거라면, 속상해도 그러려니 넘길 것을. 듣지도 못한 얘기를 왜 몰랐냐고 타박하는 그녀가, 자신이 먹을 아침밥을 만드는 엄마에게 거침없이 짜증을 내는 그녀가 밉다.

"너가 언제 그랬어? 내가 알았으면 이걸 만들고 있겠어? 그리고 싫으면 싫다고 좋게 말할 것이지, 어디서 큰소리야?"

결국 난 앙칼진 화(火)로 응수했다. 그녀는 대답 대신 한숨을 푹 쉬더니 욕실로 들어가 버렸다. 당장에 따라가서 욕실 문을 열고 그녀를 불러내 끝장을 내고 싶었지만 참았다. 주먹밥이고 뭐고 다 때려치우고도 싶었지만 아직도 꿈나라에서 헤매고 있는 죄 없는 아들을 생각해서 한 접시 만들어 놓았다.

아들을 깨우러 방에 들어간 사이, 그녀는 집을 나갔다. '쾅'하고 대문이 세게 닫히는 소리에 나도 모르게 한숨이 푹 새어나온다. "누나 벌써 학교 간 거야?" 영문도 모르는 아들은 눈을 비비며 묻는다.

후회란 참 얄궂다. 매정하게 닫히는 대문 소리에 '빈속에 학교 가면 배고플 텐데… 우유 한 잔이라도 먹게 할 걸' 하는 생각이 드는 건 왜인지. 그런다고 그녀가 먹어줄 리 만무한데. 이런 후회는 왜 이리 민망하게 빨리 찾아오는 것인지. 화낼 만 해서 화낸 거라고 생각해 보려 해도, 민망해지는 건 어쩔 수 없다.

남편과 아들이 모두 나가고 식탁을 치우려는데 접시에 덩그러니 남은 참치마요주먹밥 두 개. 아들이 먹다 남긴 것이다. 이게 뭐라고. 불과 1시간 반 전, 침대에 누워 이 메뉴를 떠올릴 때만 해도 괜찮은 생각이라고 뿌듯해 했는데. 그 순간이 한없이 부질없어지고 초라해진다. 잠시잠깐의 뿌듯함과 수고가 난데없이 몰아친 소나기에 젖어서 너덜너덜해지고 이내 바람에 날려 어디론가 사라져버린다. 그래, 차라리 내 기억에서도 사라져버려라.

아득하게.

컵에 따뜻한 물을 담아 식탁에 앉았다. 물 한 모금을 마시니, 따뜻한 온기가 온몸에 퍼지며 흥분과 분노와 후회로 들썩였던 마음이 잠시나마 사그라지는 듯하다. 그리고 주먹밥 한 개를 베어 물었다. 음, 간은 잘 됐군. 역시 단무지를 넣어서 씹는 식감이 좋아. 근데 마요네즈가 좀 덜 들어갔나? 참치가 평소보다 살짝 퍽퍽한 것도 같고. 참치를 좀 더 잘게 으깨줄 걸 그랬나? 밥도 평소보다 고슬고슬하게 된 것 같은데? 급하게 만들었더니 크기도 좀 커진 것 같고. 서연이가 먹었으면 퍽퍽하긴 했겠어. 지훈이도 그래서 남긴 건가?

주먹밥 한 개를 꾸역꾸역 먹고 나니 배가 부르다. 그 사이 물을 몇 번 먹었는지 모르겠다. 미처 삭히지 못한 황당함, 억울함, 서러움이 엉겨 붙은 탓인가. 나머지 한 개는 점심에 먹든지 해야지.

식탁을 치우고 설거지를 하려는데 휴대폰 벨소리가 울린다. 친정엄마다.

"아침에 서연이랑 무슨 일 있었니? 전화 받자마자 그냥 울더라. 학교 갈 때 눈 부으면 안 된다고 겨우겨우 진정시키고 끊었다. 뭔 일인지 모르지만 네가 조금만 이해해줘라. 사춘기라 그런 걸 어쩌겠니?"

대문이 부서질 듯이 닫고 나가서는 할머니한테 전화해서 펑펑 울었다고? 울고 싶은 건 난데…. 주먹밥에 참치 넣는 거 퍽퍽해서 싫다고 했는데, 참치주먹밥을 만들고 있는 엄마가 야속했을까? 어이가 없었을까? 기가 막혔을까? 싫은 걸 싫다고 말했을 뿐인데 화를 내는 엄마가 원망스러웠을까? 밉고 싫었을까?

내가 그녀라면 어땠을까. ─물론 나라면 다짜고짜 엄마한테 화를 내지는 않았겠지. 하지만─ 참치주먹밥을 만들고 있는 엄마를 보면서 속상하긴 했을 거야. 내가 싫다고 했는데 왜 만들지? 내가 싫어하는 걸 알면서도 먹으라고 만드는 건가 싶을 거야. 그래서 싫다고 조금 세게 말했는데 엄마가 버럭 화를 내는 거야. 내가 한 말도 기억 못하고. 나한테 관심이 없는 건가? 기억을 못했으면 미안하다고 사과하면 될 것을, 화부터 내고. 더 이상 엄마하고는 대화가 안 된다고 생각했을 거야. 어떤 말을 해도 엄마는 화를 낼 테니까. 이럴 땐 빨리 집을 나가는 게 상책이지. 그리곤 소울메이트인 외할머니에게 전화를 걸어 참았던 눈물을 쏟아내는 거지.

그래, 그렇게 생각하니 네 입장이 조금은 이해가 된다. 그럴 수도 있겠어. 무리는 아니야. 어찌됐든 화를 낸 건 내 잘못이야. 하지만 딸아이가 싫어하는 걸 깜빡할 정도로 정신 상태가 심각한 수준은 아니라는 거 하나는 알아줬으면. 네가 좋아하는 것이라면 몰라도 그렇게 싫어하는 걸 굳이 정성껏 만들어서 먹으라고 들이미는, 그런 사악한 어미는 아니라는 걸 알아줬으면. 앞으로는 '참치마요'가 들어간 요리는 절대로 하지 않을게. 나도 당분간은 먹고 싶지 않을 거 같아. 아니, 절대로 하지 않는다는 건 취소. 참치는 몸에 좋으니까 다른 요리로 만들어서 먹으면 돼.

그래도 뭔가 석연찮은 건 어쩔 수 없다. 그렇게 참치를 좋아했던 그녀가, 참치가 퍽퍽해서 싫다고 하다니! 내가 모르는 사이, 참치에 치를 떨게 된 사연이라도 있는 건가? 그러고 보니 전화를 끊기 전에 엄마한테 물어본다는 걸 깜빡 했다. 서연이가 주먹밥에 참치 넣는 거 퍽퍽해서 싫어한다는 걸 알고 계셨는지. 조만간 기회를 봐서 슬쩍 여쭤봐야지.

못 다한 이야기의 끝

벼랑 끝에 서서 누군가를 부른다. 하지만 대답 대신 돌아오는 건.
다시 한 번 목청껏 불러보지만, 들려오는 메아리에 속절없이 가슴만.
끝이다, 등을 돌렸을 때 붉게 차오르는 슬픔.
소리 없이 내게 길을 알려 주었다.
못 다한 이야기, 끝은 끝이 아니었다.

"엄마, 저 학원 그만 다닐래요."
학원 갈 준비를 마친 듯한 그녀가 냉장고 옆에 기대서서 말한다.
난 그녀에게 줄 우유를 꺼내려고 냉장고 문을 막 열던 참이었다.
음, 정황상 학원에 다녀오겠다고 하는 게 더 자연스럽지 않나? 맡겨놓은
물건 찾으러 온 것도 아니고, 꿔 준 돈 달라는 것처럼 다짜고짜 거침없는
건 무슨 이유지? 그녀가 입에 달고 사는 '졸려', '피곤해'처럼 뉘앙스는
너무나 익숙한데, 내용은 전혀 그렇지 않은 이 부조화는 또 뭐지? 아무튼
이렇게 냉장고에 기대서서 할 말은 아니지 않나 싶은데. 그래도 당황하지
말고 일단은 침착하게 응수하자.
"갑자기? 왜?"
"갑자기가 아니라…전에도 몇 번 얘기했잖아요. 다니기 싫다고."
그러고 보니 한 두 번 들은 것도 같고. 심각하게 생각하지 않고 넘겼는데,
오늘은 그냥 넘겨선 안 될 것 같은 결연함이 공포영화 예고편 같다. 결말을
보고 싶지 않은 등골 서늘한 기운.

"알았어. 일단 다녀와. 다녀와서 얘기하자."

대답 대신 말없이 돌아서는 등 뒤로 옅은 한숨이 들려온다.

"우유 한 잔 마시고 가~"

이번엔 대답 대신 대문 닫히는 소리가 들린다.

그날 저녁, 다 같이 식사를 끝내고 남편과 아들은 소파에 앉아 TV를, 난 거실 테이블에서 노트북으로 문서 작업을 하고 있었다. 제일 먼저 밥을 먹고 학원 숙제를 하겠다며 방에 들어갔던 그녀가 언제 나왔는지 거실 러그 위에 앉아 있다.

"엄마 아빠, 저 학원 그만 다니고 싶어요."

남편이 슬쩍 날 쳐다봤다. 그녀가 학원에 간 사이, 남편에게 전화를 걸어 미리 얘기를 해 둔 터였다. 날 대신해 놀라운 해결책을 내놔 주십사 하는 간절함을 담아, 남편을 향해 눈을 찡긋해 보였다.

"엄마한테 대충 듣긴 했는데 어느 학원을 그만두고 싶다는 거야?"

남편은 뭐든 다 들어주겠다는 듯 친절하게 되물었다.

"영어만 다니고 나머진 그만할래요."

세 군데 중 두 곳을 그만두겠다는 뜻이다. 이거, 요구 조건이 너무 과한 것 아닌가. 설마, 협상의 가능성을 감안하고 본전이라도 건져볼 요량으로 과감하게, 아니 무모하게 던져보는 것인가. 이거 참 기가 막혀서. 아들은 얘기가 길어질 것을 직감했는지 조용히 일어나 휴대폰을 들고 자신의 방으로 들어갔다.

"왜 그만두고 싶은데?"

"엄마한텐 몇 번 얘기했는데, 학원 다니는 게 너무 피곤하고 힘들어요. 수업도 재미없고…."

그래, 피곤하고 힘든 건 이해한다. 솔직히 말하면 인생 자체가 피곤하고 힘든 것이겠지. 그래서 내가 너의 그 방종에 가까운 언행과, 살기를 포기한 듯한 귀차니즘과, 상식과 배려를 찾아보기 힘든 독단적인 생활패턴 기타 등등을 참아내고 견뎌내며 네 어미 노릇 해보겠다고 이렇게 발버둥치고 있잖니? 그리고 인생이 어디 재미로만 살 거라니? 재미라면, 배꼽 대신 눈물콧물 쏙 뽑아내는 비극적 코미디는 어떠니? 주인공은…바로 우리 둘이란다.

"한두 달 쉬는 게 아니라 아예 그만두고 싶다는 거지?"

"어차피 선행학습도 할 만큼 했고 지금 당장 그만둬도 학교 공부에 큰 지장은 없어요."

"그래? 그럼 영어는?"

"영어는 저한테 도움이 되는 거 같아서 계속 다니려고요."

학교 공부에 지장이 있을지 없을지는 어떻게 하면 알 수 있니? 나한테도 좀 알려줄래? 한 군데라도 다녀주겠다니 고마워하기라도 해야 하니? 부녀 간의 대화를 좀 더 들어보려던 나의 참을성은 생각보다 빨리 무너졌다.

"그럼 영어 말고 다른 공부는 아예 하지 않겠다는 거야? 학원을 그만 둘 거면 다른 대안이나 계획이 있어야 할 거 아냐!"

"인강(인터넷 강의) 들으려고요."

"인강? 어떤 강의 들을 건지 알아봤어?"

"엄마 아빠가 학원 끊는 거 허락해 주면 알아보려고요."

첩첩산중이다. 내가 올라야 할 산이, 그것도 에베레스트처럼 목숨이라도 걸어야 하는 어마무시하게 높고 험한 산이 겹겹이 앞을 가로막고 있는 것 같다. 아무런 대책도 없이 학원을 그만두겠다는 그녀의 폭탄선언에 몸 둘 바를 모르겠다.

"그럼 그렇게 해, 서연아. 힘들면 당분간 좀 쉬어. 인강은 차차 알아보는 걸로 하고."

남편은 고개를 끄덕이더니 그녀의 어깨를 다독거린다. 이런, 넘어야 할 산이 하나 더 있는 걸 미처 몰랐네? 내 편에서 그녀를 설득해 주리라 철썩 같이 믿었던 내가 바보지. 휴대폰에 저장된 남편의 이름을 바꿔놔야겠다. '내편'이 아니라 '니편'으로.

"자기야, 서연이 힘들다는데 이번 달까지만 다니게 하고 좀 쉬게 하자. 너무 급하게 생각하지 말고. 쉬면서 서연이도 우리도 어떤 방법이 좋을지 고민해 보자고. 응?"

이럴 거였으면 아까 전화 통화할 때 귀띔이라도 해줄 것이지. 그녀보다 남편이 더 괘씸하다. 결국 또 이렇게, 나만 빌런(villain)이 되고 말았다. 나만 가만히 있으면 모두가 다 행복해질 것처럼, 그러니까 마치 내가 모두의 조용하고 평화로운 행복을 가로막고 있기라도 한 것 같은 이 불편하고 부담스러운 공기가 또다시 나를 찾아왔다. 나를 제외한 거실 안 인물들과 완벽한 조화를 이루는 이 괘씸한 공기. 두통을 유발하는 이 불쾌한 공기가 나만의 것이라는 게, 지금 이 순간 눈물 나게 서럽다.

그날 저녁 대화 이후 학원에 연락해 상황 설명을 해두긴 했는데, 여전히 오리무중이다. 무엇이 그녀를 위한 최선인지. 좀 더 솔직해지자면, 그녀를 위하되 '내가 불안하지 않을 수 있는' 최선, 그녀를 위하되 '나도 만족할 수 있는' 최선. 내가 이기적인 걸까. 욕심이 지나친 걸까. 난 정말 못된 엄마인 걸까. 답답한 마음에 거실 천장을 멍하니 쳐다보는데, 현관에서 대문 열리는 소리가 들린다.

"다녀왔습니다."

가방을 제 방에 휙 던지는 소리가 들리더니, 그녀가 곧장 거실로 온다.

"엄마, 오늘 학원 선생님이랑 한참 얘기했어요."

무슨 얘기를 나눴는지 자세히 털어놓진 않았지만, 당분간 '쉬는' 대신 당분간 '다녀보는' 걸로 가닥이 잡힌 모양이다. 생각지 못한 극적인 전개

란 이런 것인가.

"그래, 잘 생각했어. 들어가서 좀 쉬어."

다행이다 싶었지만 최대한 아무렇지 않은 척 담담하게 말했다. 이번에도 대답 대신 돌아서는 등 뒤로 한숨소리가 들려온다. 어찌됐든 생각지도 않게 일이 순조롭게 풀려 잘 됐다 생각했다.

그리고 3, 4일쯤 지난 주말, 바람이라도 쐴 겸 다 같이 점심을 밖에서 먹고 식당 근처 카페에 들어갔다. 원래 주말 낮엔 자리를 잡기가 쉽지 않은 곳인데, 우리가 도착했을 때 마침 카페 안쪽 통창 바로 옆자리 손님들이 일어서는 바람에 바로 앉을 수 있었다.

"참 서연이 학원 계속 다니기로 했어."

아이스 아메리카노를 마시던 남편이 놀란 듯 맞은편에 앉은 날 쳐다본다.

"그래? 쉬기로 한 거 아니었어?"

"그랬는데 학원 선생님이랑 얘기하고 오더니, 좀 더 다녀보겠대."

"하아…."

남편 옆에 앉은 그녀가 한숨을 길게 내뱉더니 아이스티를 쭉 들이켠다.

"그랬구나. 서연이가 다니기로 했다면 뭐…. 아빠는 서연이 좀 쉬어도 괜찮다고 생각하는데."

그러시군요. 딸내미 쉬게 해 주는 게 님의 소원이라면, 대신 저는 어떠실까요? 딸내미 덕분에 하루에도 몇 번씩 번지점프를 하는 것처럼 정신이 오락가락 해서 절대적인 심신 안정이 필요한 상황입니다만….

"아빠는 서연이한테 공부를 강요하고 싶은 생각은 없어. 근데 있잖아, 공부라는 게 때가 있는 거거든. 지금은 서연이가 공부하는 게 힘들고 싫겠지만 나중에 커서 어른이 되면, 공부만 했던 지금이 정말 좋았구나, 깨달을 때가 올 거야. 아빠가 너만 할 때는 말이야…."

무표정한 그녀가 서서히 고개를 돌린다. 시선은 남편의 반대쪽, 바깥이

훤히 보이는 카페 통창 너머로 사람들이 분주하게 오간다.

"아빠 중학교 때 수학을 참 좋아했거든. 정확하게 답이 딱 맞아떨어지는 것이 너무 좋았어. 그래서 항상 자습서랑 문제집을 몇 개씩 가방에 넣고 다녔지. 좋아서 공부를 하니까 잘하게 되고, 잘하니까 애들이 아빠한테 물어보고, 애들한테 대답해 주려면 또 잘 알아야 하니까 더 열심히 하게 되고…."

이 순간에 필요한 건 뭘까요? '어쩌라고.' 요즘 유행하는 애들 말로 '어쩔티비'. 사랑하는 딸에게 뭔가 좋은 얘길 해주고 싶은 마음은 알겠는데, 맥락 없이 이어지는 이 이야기에 주제란 게 있긴 한 건가요? 처음 듣는 것도 아닌 레퍼토리, 참신하지도 않고요. 그러니 님아, 돌아올 자신 없으면 제발, 이 밑도 끝도 없는 이야기의 강을 건너지 마오.

진흙 속에 빠진 발처럼 점점 더 진지해지는 남편을 보며 혀를 찼다가 피식, 웃음이 나오는 걸 참고 그녀를 보는데, 너무나 낯선 광경이 펼쳐지고 있었다.

그녀의 두 눈이 서서히 붉어지더니 눈가에 한 가득 눈물이 차오르는 게 아닌가.

작은 테이블 하나를 사이에 두고 마주앉은 그녀와 나의 거리는 불과 1미터 남짓. 누군가의 눈가에서 아무런 예고 없이, 소리 없이 조용하게, 슬픔이 차오르는 순간을 이리도 가까이서 본 적이 있던가. 봇물 터지듯 왈칵 쏟아져 내리는 눈물이라면 이리 놀랍지는 않았으리라. 시간의 움직임을 조종하듯 서서히, 두 눈의 공간을 빈틈없이 채워나가는 눈물의 움직임은 마치 인체의 신비로움을 다룬 다큐멘터리를 고화질 화면으로 보는 것처럼 생생했고, 아니 생생했는데 보고 있을수록 아파왔다. 내 가슴팍이 천천히 쪼그라드는 것 같은 먹먹한 통증.

그녀의 눈가를 가득 채운 눈물이 흘러내리지 않고 그 자리에, 그대로 머물러 있다. 가득 차오른 눈물을 머금을 수 있는 힘은 어디서 오는 것일까. 그녀의 눈물이 차오르게 만든, 가슴 속 어딘가에서 나오는 것일까.

그리고 왜, 지금 이 순간에 눈물이 난 것일까. 남편의 고리타분한 수학 사랑이 눈물 날 만큼 감동적이었을 리가 없는데. 이 카페의 아이스티가 눈물 날 만큼 맛있어서도 아닐 텐데. 도대체 왜?

도무지 이해할 수 없는 타이밍의 눈물이 날 더욱 꼼짝 못하게 만들었다. 가슴은 점점 조여 오는데, 누가 '얼음 땡!' 하고 내 어깨를 툭 치지 않는 이상, 이렇게 그대로 있어야 할 것 같았다. 그녀도, 내가 자신을 보고 있는지 전혀 모르는 듯 여전히 통창 쪽을 응시하고 있다.

"엄마!"

아들이 부르는 소리에 얼음 땡, 정신이 돌아왔다. 후우, 가슴 통증이 조금씩 가라앉으면서 숨 쉬는 게 한결 편안해진 기분이다.

"어, 왜?"

"조각케이크 하나 시켜주시면 안 돼요?"

눈치 없는 녀석. 시간이 얼마나 흐른 것일까. 가늠할 순 없지만 길어봐야 1분의 절반쯤 될까? 자, 이제 그녀에게 내가 목격한 미스터리한 순간의 진실을 확인해 보자.

"서연아, 너 왜 우는 거야?"

서두르지 않고 조심스럽게 운을 뗐다. 그런데 대답 대신 주르륵, 눈물이 두 볼을 타고 흘러내린다. 눈물을 머금고 굳건히 붙잡아두었던 마음 속 무언가가 홀연히 힘을 잃은 것처럼.

"어? 서연이가 운다고?"

남편이 고개를 돌리더니 그녀의 얼굴을 살핀다. 그때까지도 그녀의 시선은 창문 건너편을 향해 있었다.

"서연아, 왜 울어? 아빠가 혼낸 것도 아닌데. 서연이가 공부의 재미를 조금이라도 알았으면 하는 마음에 아빠 경험담 얘기한 거야. 그게 그렇게 눈물 날 일이었나?"

이번에도 그녀는 대답 대신 눈물을 손으로 훔쳤다. 눈물이 계속 흐른다. 남편은 당황했는지 어색하게 웃으며 그녀의 어깨를 안아주었다. 어쩔 수 없다는 듯, 그녀가 내 쪽으로 고개를 돌린다. 시선은 내 어깨쯤 어딘가에 멈추고.

지금인가. 어쩌면, 지금이 아니면, 돌이킬 수 없을지도 모른다. 난 그녀의 대답 대신 나의 대답을 들려주기로 했다. 마음 한 구석, 잘 보이지 않게 밀쳐두었던 그 한 마디를.

"서연아, 쉬고 싶으면 쉬어. 학원엔 엄마가 잘 얘기할 테니까 걱정하지 말고."

남편이 날 보더니 잘했다는 듯 말없이 고개를 끄덕인다.

미루고 미루던 숙제를 처리한 것처럼, 어차피 그리고 언젠가는 했어야 할 말을 해버린 것처럼 후련하다. 속 쓰린 패배감 따윈 없다. 불안하지도 않다. 만족스럽냐고? 웃기는 소리다.

그녀의 한숨이 다시금 내 가슴을 후비고 들어온다. 냉장고에 기대서서 내게 처음 —물론 처음이 아니라고 했지만— 얘길 꺼냈을 때의 한숨. 아마도, 역시나 하는 실망의 한숨이었겠지. 학원 선생님과 얘기하고 계속 다니기로 했다고 했을 때의 한숨. 그건 아마 돌이킬 수 없는 건가 싶은 절망의 한숨이었을 거야. 그리고 카페에서 학원 얘길 다시 꺼냈을 땐, 속마음도 몰라 주는 원망의 한숨이 아니었을까. 그 모든 것이 다, 날 향한 것이었다는 게 다시 한 번 괴롭게 가슴을 친다.

미안해. 혼자서 아무도 모르게 아픈 속을 쓸어내리게 해서. 눈치 없이 알아차려 주지 못해서. 서로의 가슴에 생채기가 나고 나서야 깨달아서. 그리고 고맙다. 그럼에도 불구하고 무너지지 않고 있어줘서. 버텨주고 기다려줘서. 더 늦기 전에 내게 손을 내밀 기회를 줘서.

"그래, 서연아. 엄마 말대로 당분간은 아무 생각하지 말고 푹 쉬어. 아빠는 항상 서연이 편이야. 알지?"

남편이 그녀의 어깨를 쓰다듬으며 말한다. 그때 옆에서 내내 지켜보던 아들의 한 마디에 우리 모두 빵 터졌다.

"엄마, 이제 조각케이크 시켜주시죠."

김 선 혜

소잉 에세이

일상을 빛나게 하는 소잉 아이디어 33

도서 제목 및 부제 (가칭)

- 일상을 빛나게 하는 소잉 아이디어 33
- 일상을 빛나게 하는 핸드메이드 패브릭 소품
- 나를 행복으로 이끄는 소잉 아이디어 33

저자 소개

김선혜

두 남매의 엄마, 12년 차 전업주부다. 평소 독서와 사색을 즐기며 〈읽고, 쓰고, 만드는 삶〉을 소망한다.

주요 독자

스스로 빛나는 삶을 위한,

- 주로 육아와 살림을 하는 전업주부
- 소잉을 취미로 하고 싶은 사람
- 핸드메이드 패브릭 소품을 좋아하는 사람
- 일상 속 행복을 찾고 싶은 사람

기획의 특징 및 차별성

- **거의 유일한 형식의 에세이**

✔ 기존의 소잉 기법만을 다룬 책들과 달리 저자의 일상 에세이 중심의 소잉 실용서.

✔ 에세이는 저자의 하루 루틴을 따라 사진과 함께 다뤄지고 소잉 기법은 마지막장에 따로 둔다. (하루 루틴의 흐름을 깨지 않기 위해)

✔ 하루 루틴에 따른 형식의 에세이는 우리가 일상 속에서 얼마나 자주 행복해질 수 있는지를 적절하게 보여 준다.

- **일상 속 행복 만들기: 경험을 통한 구체적이고 실용적인 방법 제시**
  ✔ 저자는 행복은 멀리 있지 않고 우리의 일상 속에서 우리 자신 스스로가 만들어 갈 수 있다고 어필한다.
  ✔ 저자의 12년 차 육아와 살림 경험을 바탕으로 같은 입장의 독자들에게 공감과 위로를 건넨다.
  ✔ 일상 속 행복 만드는 방법 〈소. 확. 행〉인 홈 카페, 반려동물 키우기, 식물 키우기, 가치 있는 삶: 제로 웨이스트 지향, 육아와 살림을 위한 소잉 아이디어는 저자의 경험을 살려 구체적이고 실용적이다.

- **실제적인 도움을 줄 수 있는 쏘잉 실용서**
  ✔ 소잉 소품 도안이나 패턴을 제공하여 독자가 쉽게 따라 할 수 있도록 돕는다.
  ✔ 책 속에 실물의 패브릭 조각을 예시하여 독자가 직접 만져볼 수 있다.
  ✔ 에세이에 얽힌 간단한 '팁'과 저자만의 '노하우'를 담는다.

Contents

2장 〈소. 확. 행〉으로 빛나는 일상

육아,　에세이 : '따끔따끔 사랑해'
　　　소잉 아이디어 : ⑮ 어린이집 고리 손수건
　　　⑯ 딸의 핸드폰 크로스백
　　　tip. 남매가 사이좋은 비결

식물,　에세이 : '식물이 주는 위안'
　　　소잉 아이디어 : ⑰ 앞트임 앞치마 ⑱ 분갈이 매트
　　　tip. 식물 분갈이 방법, 화분에 물 주는 방법

커피,　에세이 : '커피 맛 1도 모르는 내가 바리스타?'
　　　소잉 아이디어 : 홈 카페 3종 세트(⑲ 미니 앞치마, ⑳ 티 코스터,
　　　㉑ 플레이스 매트)
　　　tip. 핸드드립과 푸어 오버의 차이점, 내가 추천하는 핸드드립 루틴

반려동물,　에세이 : '묘연은 따로 있나'
　　　소잉 아이디어 : ㉒ 고양이 밥그릇 매트 ㉓ 꿀잠 누빔 바구니
　　　tip. 고양이와 친해지는 방법

홈 파티,　에세이 : '마시멜로는 구워야 제맛이지'
　　　소잉 아이디어 : ㉔ 세모 가랜드 ㉕ 방수 테이블보

제로 웨이스트,　에세이 : '지구를 위한 나의 작은 배려'
　　　쏘잉 아이디어 : ㉖ 접을 수 있는 휴대용 장가방 ㉗ 커피 탈취제
　　　주머니 ㉘ 재사용 가능 한 허니 랩
　　　tip. 커피 찌꺼기 활용법

취향, 에세이 : '나 자신으로 살아가기'
　　　소잉 아이디어 : ㉙ 최애 리버티 백 ㉚ 작은 지퍼 파우치
　　　㉛ 곱창밴드 ㉜ V 리넨 블라우스 카디건 ㉝ 랩스커트

3장 오늘부터 시작하는 쏘잉 / 무작정 따라 하기

쏘잉 기초, 준비물
　　　원단 소개 (실물 예시)
　　　알아둘 용어
　　　재봉틀 준비 및 기본 사용법

쏘잉 아이디어 / how to make,
① 운동화 네트 백
② 스트링 백팩
③ 거즈 수건
④ 책을 넣을 수 있는 가방
⑤ 햇빛 가리개 모자
⑥ H 라인 앞치마
⑦ 냄비 받침 겸용 장갑
⑧ 키친 클로스
⑨ 재봉틀 덮개
⑩ 가리개 커튼
⑪ 소창 행주
⑫ 헹굼 수세미
⑬ 베개커버

⑭ 리넨 조각으로 덧 댄 애착 이불

⑮ 어린이집 고리 손수건

⑯ 딸의 핸드폰 크로스백

⑰ 앞트임 앞치마

⑱ 분갈이 매트

⑲ 미니 앞치마

⑳ 티 코스터

㉑ 플레이스 매트

㉒ 고양이 밥그릇 매트

㉓ 꿀잠 누빔 바구니

㉔ 세모 가랜드

㉕ 방수 테이블보

㉖ 접을 수 있는 휴대용 장가방

㉗ 커피 탈취제 주머니

㉘ 재사용 가능한 허니 랩

㉙ 최애 리버티 백

㉚ 작은 지퍼 파우치

㉛ 곱창밴드

㉜ V 리넨 블라우스 카디건

㉝ 랩스커트

서문 및 샘플 원고: 다음 페이지에 첨부

'빛'은 나 자신이다.

"안녕?"
"어떻게 지내?"

나의 안부를 물어주는 사람이 그리운 시절이 있었다.
난 고립되었고 외로웠다.
나조차 나에게 관심이 없는걸.
나의 모든 관심과 에너지, 시간을 나의 아이에게 전부 쏟던 때였다.

미성숙했던 내가 결혼을 하고 아이를 낳아 엄마가 되었다.
나는 부족할지언정 아이에게는 좋은 엄마가 되어주고 싶었다.
좋은 엄마는 의례 그래야 하는 줄 알았다.

5년 만에 둘째 아이를 낳았다.
육아 기간이 두 배로 늘어났다.
아이들은 쑥 쑥 잘도 큰다.
나는 점점 작아지고 지쳐간다.

하지만,

아이들 덕분에, 나는 모처럼 환하게 빛났다.
이 아이들을 만나려고 내가 세상에 태어난 걸까?
아이들 없는 나는 이제 상상할 수조차 없다.

그렇게 난 아이들에게 의존해 빛이 나기도 하고, 빛이 지기도 했다.
.

.

나의 빛은 어디 갔을까?
있긴 있는 걸까?

나도 나의 빛을 찾고 싶다.
나의 빛으로 아이들을 밝혀주고 싶다.

어느 날 아이들은 나에게 작은 빛 하나를 주고 갔다.
그 빛은 아주 작아서, 희미했지만, 선명히 나를 비추고 있었다.

'너는 누구니?'
'너는 어떤 사람이야?'
'너는 왜 그렇게 지쳐 보여?'
'너는 무엇을 좋아해?'
'너는 어떻게 살고 싶어?'
'네가 원하는 건 뭐야?'
'너는 요즘 잘 지내니?'

고맙게도 그 빛은 나에게 말을 걸어 주었다.

내 안부를 물었다.

나는 느리지만 천천히, 하나하나 응답했다.
신기하게도 내가 응답하면 할수록 그 빛은 점점 더 커졌다.
그리고 환하게. 밝게. 빛이 났다.
나의 빛이었다.
내가 내는 빛이었다.

빛은 나를 인도했고 나는 빛을 따라갔다.

마침내 나는 아이들이 없어도 환하게 빛날 수 있었다.
나의 빛으로 아이들을 더 환하게 밝혀줄 수도 있다.

나의 빛은 대단히 화려하진 않아도 오롯이 나를 비추고 있다.

나의 마음을,
나의 일상을,
나의 삶을,

오늘도 나는 나의 '빛' 나는 삶을 위해 애쓰며 살아간다.

.

.

.

빛은 나 자신이다. 나 자신은 일상 안에 존재한다. 일상이 빛나면 곧 내가 빛난다. 그런 일상이 모여 나의 빛나는 삶을 이룬다.

이 책은 '빛나는 삶'을 위한 나의 일상의 노력들을 담았다.
그것은 결국 내가 스스로 나를 찾고, 나를 알아가며, 나를 사랑하는 시간들이었다.

1장. 매일 반복되는 단조로운 일상 속에 내가 있었다.
2장. 소소하지만 내가 할 수 있는 행복한 일들을 하였다.
3장. 내가 자주 쓰는, 사소한 것들을 만들었다.

나는 평범한 전업주부로서 내가 하루를 어떻게 살아가고, 어떤 생각과 고민을 하며, 어떻게 스스로 나의 빛을 찾고자 애썼는지, 솔직하게 13편의 에세이와 사진으로 담고자 했다. 더불어 에세이와 관련한 33개의 소잉 아이디어를 소개하고, 누구나 따라하기 쉽도록 'how to make'를 다뤘다.

나와 빛나는 일상, 소잉을 하나로 엮었다. 책은 단순한 소잉 실용서가 아니라 소잉 기법을 다룬 〈빛나는 일상〉에 관한 나의 에세이이며, 나는 이를 〈소잉 에세이〉라고 이름 붙였다.

부디 이 책이 누군가의 일상을 묻는 안부가 되어주기를 바란다.

*소잉: sewing, 바느질, 재봉

커피 맛 1도 모르는 내가 바리스타?

커피 맛 1도 모르던 나는 요즘 매일매일 커피를 직접 내려 마신다. 그것도 시간과 정성을 들이는 핸드드립 방식으로. 예전에 나는 카페에 가면 무조건 바닐라라테나 캐러멜 라테, 프라푸치노 등 달달한 커피들만 주로 시켰다. 그리고 쌉쌀하고 탄내나는, 그 맛도 없는 아메리카노를 즐겨 마시는 사람들을 이해할 수가 없었다. 집에서는? 커피의 맛보다는 잠깐의 휴식을 위해 습관적으로 믹스커피를 타 마시곤 했다.

그러던 내가 핸드드립으로 커피를 마시기 시작한 건 1년 전부터였다. 작년에 첫째가 11살, 둘째가 6살이 되고, 코로나가 풀리니 나에게도 잠깐의 여유가 생겼다. 일을 하고 싶었다. 집안일 말고 바깥 일. 하지만 내가 할 수 있는 일이 없었다. '나는 그동안 무엇을 했지?' '나는 분명히 아이들과 최선을 다해 하루하루 열심히 살았는데' 허무한 마음이 들었다. 10년 넘게 육아에 올인하는 동안, 나는 정작 나 자신을 위해서 이뤄놓은 건 아무것도 없었다. 난 뭐라도 해야 했다. 해 보고 싶었다. 엄마 말고 다른 거. 내가 할 수 있는 거. 그때 주위를 둘러보니 동네에 카페가 꽤 많이 생겼다. 아이들 없는 시간에 카페에서 알바를 하면 좋을 것 같았다. 그래서 난 큰맘 먹고 바리스타 자격증 수업을 신청했다.

핸드드립을 배우는 시간이었다. 선생님은 직접 로스팅 한 원두를 가지고 오셨다. 그것은 커피의 여왕이라고 불리는 에티오피아의 예가 체프였다. 난 처음으로 커피 원두를 직접 보고 만졌다. 코앞에 대고 향기도 맡았다.

그리고 선생님은 그 자리에서 원두를 갈아 정통적인 핸드드립 방식으로 커피를 내리셨다. 기존에 내가 배우던 커피 머신을 이용하여 커피를 내리는 방식과는 아주 달랐다. 보통은 바리스타가 커피 머신과 한 몸이 되어 기계처럼 커피를 내렸다면 핸드드립 방식은 차를 내리는 것처럼 아주 고요하고 고귀했다. 일종의 의식을 치르는 것 같았다. 난 그 분위기가 꽤 마음에 들었다. 그리고 마침내 커피를 한 모금 마셨다. 그 건 내가 알던 커피 맛이 아니었다. 그동안 내가 마셨던 커피는 커피가 아니었다. 꽃향기와 과일향, 산미와 부드러움, 목 끝에서 느껴지는 달달함. 정말 뭐라 표현할 수 없을 만큼 낯설었지만 그 맛은 참 깔끔하고 좋았다. 바로 그 순간부터 나는 커피를 사랑하게 되었다.

다행히 나는 바라던 대로 바리스타 자격증을 2급에서 1급까지, 6개월에 걸쳐 취득할 수 있었다. 누구나 다 딸 수 있는 자격증이라지만 12년 차 전업주부에겐 최대의 도전이었고, 나 스스로 열심히 노력했기에 보람과 성취감도 컸다.

드디어 아이들의 겨울방학을 끝내고 재취업의 문을 열어야 할 시간이 왔다. 바로 카페 알바! 그것은 올해 내가 가족들 앞에서 선언했던, 나의 2023년 계획 중 하나이기도 했다. 우선 알바 앱을 설치했다. 이력서만 넣으면 되니라. 그런데 난 갑자기 걱정이 되기 시작했다. '아이들이 아프면 어떻게 하지? 맡길 곳도 없는데' '과연 내가 잘할 수 있을까?' 망설였다. 새로운 시작과 도전 앞에서 나는 막연한 두려움을 느꼈던 것 같다.

그리고 고심 끝에 난 용기를 내어 몇 군데 이력서를 넣었다. 결과는? 나는 아무 데서도 연락을 받지 못했다. '내가 이력서를 너무 솔직하게 썼나? 너무 당당하게 전업주부만 10년 넘게 했다고 밝혔나?' '엄마도 경력이라고 억측을 부린걸까?' '전화 한번 해 볼까?' 처음에 난 믿을 수 없었다. 이력서만 넣으면 다 되는 줄 알았다. 카페가 나 같은 인재를 알아보지 못한다고 탓을 돌리기도 했지만 난 금방 현실을 직시할 수 있었다. 카페 입장에선 굳이 경력도 없는 40대 아줌마를 쓸 리 없다. 더구나 아이가 둘이나 있으니 상황에 따라 알바를 그만 둘 확률도 높다는 얘기다. 엄마인 내가 더 잘 알지. 엄마에겐 알바보다는 내 아이가 우선이니까. 충분히 그럴 수 있다.

결과적으로 난 이력서를 넣기도 전에, 쓸데없는 고민으로 한참을 허비했다. '누가 나 알바 시켜준 데?' 아무도 써 주지 않는데. 혼자 김칫 국물부터 먼저 마시긴. 민망하다. 내가 부끄러워 웃음이 난다. 나이 40대에, 바리스타 자격증은 있으나, 카페 경력 초자인 나는 카페에서 알바를 하진 못했다. 그리고 그 후 더 이상 시도도 하지 않았다.

카페 알바생이 되어 친절한 미소로 사람들에게 커피를 내려주겠다는 그 꿈은 접었지만 난 여전히 바리스타로서 커피를 내린다. 카페가 아니라 집에서. 돈을 내고 마시는 손님들을 위해서가 아니라 오롯이 나를 위해서, 신랑과 지인들을 위해서 말이다.

오늘도 난 나에게 맛있는 커피를 내려 준다. 커피를 한 모금 아주 맛있게 먹으면, 그게 얼마나 행복한지 모른다. 내가 진짜 세상에서 가장 행복한 사람이 된 것 같다. 또 신랑이나 지인들에게 내려 주는 커피는 더 맛있다. 그들은 내가 보통 카페에서는 마실 수 없는, 최고급 원두의 스페셜티를 직접 내려주니 너무 맛있어하고 고마워한다. 그럴 때마다 나 스스로가 정말 뿌듯하고 자랑스럽다.

어느 날 지인은 내게 물었다. "커피를 배우니까 어떤 점이 좋아?"

난 서슴없이 대답했다. "내가 좋아하는 게 하나 더 생겨서 좋아요! 내가 나를 행복하게 해 줄 수 있는 게 더 늘어난 셈이죠! 그리고 내가 다른 사람들을 위해서 뭔가를 할 수 있다는 것도 기뻐요!"

뭐라도 해볼까 하는 마음에 도전했던 바리스타!

내가 원하던 대로 되진 않았지만, 내 인생 42년 만에 처음으로 커피 맛을 알게 되었고, 지금 나는 커피 좀 알고 커피 좀 즐기는 사람이 되었다. 내가 커피를 통해 누리는 이 기쁨과 행복이 매우 크다.

#12년차 전업주부의 최대 도전

#세상에서 제일 행복한 사람

　　그거면 되었다. 이미 충만하다.

묘연은 따로 있다

우리 집에는 고양이 한 마리가 살고 있다. 2021년 11월 3일에 왔으니 거의 2년이 다 되어간다. 거실 한가운데 발라당 누워있는 고양이를 볼 때, 나에게 눈을 맞추고 눈 키스를 하는 이 녀석을 마주할 때마다 난 여전히 낯설고 새롭다. '우리 집에 고양이가 살다니!' '내가 고양이를 키우다니'

\# 고양이의 눈키스

내가 고양이를 키우게 된 건 다 딸 때문이다. 우리 딸 9살 때, 딸과 나는 아파트 벤치에 앉아 있었는데 그때 까맣고 하얀 털의 길고양이가 우리 앞을 유유히 지나갔다. 내가 '야~옹'하고 부르자 고양이는 뒤돌아 우리를 한 번씩 번갈아 빤히 쳐다보고는 제 갈 길이 바쁘다는 듯 사라졌다. 바로 그날부터 딸은 고양이와 사랑에 빠졌다. 아주 지독한 짝사랑이었다.

딸은 그 길고양이를 키우고 싶다며 나를 졸랐다. 딸의 성화에 못 이겨

나는 농담 반 진담 반 "그 길고양이를 잡으면 엄마가 한번 키워볼게."라고 말했다. 당연히 어림도 없는 일이니 나는 고양이를 절대 키우지 않겠다는 뜻으로 말했는데, 당황스럽게도 딸은 아주 진지하게 계획을 세웠다.

딸은 어떻게 하면 그 길고양이를 잡을 수 있을지 고민을 하고 그림을 그리고 나에게 설명했다. 그러더니 집에 있는 큰 종이박스로 고양이 포획틀까지 만들었다. 나름 그럴싸하게 잘 만들었지만 그런 종이 상자로 길고양이가 잡힐 리 없다. 그래도 난 꽤 근사하다며 딸을 칭찬했다. 어차피 길고양이가 잡히지 않을 테니, 난 딸이 원하는 대로 끝까지 두고 보기로 했다. 그리고 난 딸을 따라 길고양이를 잡으러 저녁마다 나가서 포획틀을 설치하고 기다리고 대기하기를 여러 날 반복했다. 난 속으로는 제발 그만 두라고 딸에게 말하고 싶었지만 꾹 참고 기다렸다. 딸이 알아서 포기할 때까지. 대신 난 두 남매를 데리고 매일 저녁 산책을 즐기기로 했다.

시간이 지나니 딸은 알아서 길고양이를 포기했다. 나는 다행이라며 마음을 놓았는데, 어찌 된 일인지 딸의 고양이 사랑은 더 커졌다. 딸은 매일 고양이 그림을 그리고, 고양이 책만 읽고, 고양이 놀이에, 저녁마다 이 아파트 저 아파트 동네 길고양이들을 찾아 따라다니기 시작했다. 이 또한 그냥 그러다 말 줄 알았는데 딸의 고양이에 대한 집착은 끝날 줄 몰랐다. 어찌나 좋아하는지 친한 친구들도 덩달아 고양이를 좋아하게 되었고 그즈음 딸한테는 말 안 했지만 나 역시 고양이가 좋아졌다. 딸 따라 고양이 찾아다니다 나도 고양이 매력에 푹 빠진 거다.

어느 날 딸은 학교 옆 공원에 새끼 고양이가 나타났다는 친구의 연락을 받았다. '정말 세상의 것이 아니야!' 털 무늬가 몹시 예쁜 아기 삼색 고양이였다. 그동안 딸을 따라다니면서 많은 길고양이들을 만났지만 이렇게 인형처럼 예쁜 아기 고양이는 처음이었다. 심쿵 사라는 말은 이럴 때 쓰라고 있는 걸까. 딸은 옆에서 키우고 싶다며 난리 났지만, 내가 고양이를 키울 수 없는 이유는 너무도 분명하고 많았다. 무엇보다 주변에 엄마 고양이가 있을 수 있으니 우리는 며칠 더 지켜보기로 했다.

딸은 매일 아기 고양이를 보러 갔다. '나리'라는 예쁜 이름도 지어 주었다. 놀아 주고 먹을 것도 주었다. 처음엔 도망 다니던 아기 고양이가 어느새 딸을 따르기 시작했다. 딸이 '나리~'하고 부르니 다가오고 장난도 치고, 막 애교까지 부린다. 사랑스러운 둘의 모습을 보니 난 나리가 우리의 인연이라는 생각이 들었다. 고양이는 절대 안 된다던 나의 마음의 문이 열렸다. 내가 보기에도 나리는 너무 사랑스러운 고양이였다. 고심 끝에 난 나리를 키우기로 결심했다.

"나리 나리" 부르니 어디선가 귀여운 아기 고양이가 꼬리를 바짝 치켜세우고는 우리에게 다가왔다. 이대로 안아서 딸의 가방에 넣으면 될 터였다. 그런데 그때 갑자기 딸은 망설였다. 딸은 이동장이 없다는 핑계를 대더니 내일 친구와 다시 와서 같이 입양하고 싶다는 거다. 내 마음 같아서는 당장 내가 나리를 안아서 데리고 오고 싶었지만, 그것만큼은 딸이 직접 해야 했다. 딸을 억지로 달래서 나리를 데려올 수도 없는 일. 우리는 우리의 뒤를 따라오는 나리에게 "내일 다시 올게"라는 인사를 건네며 그냥 집으로 돌아왔다.

그리고 다음 날 딸에게 나리를 데리고 갔냐고 묻는 전화가 왔다. 나리가 없어졌다고 했다. 딸은 바로 나리를 데리러 갔다. 딸이 부르면 나리가 나타날 거라는 희망이 있었다. 하지만 딸은 혼자 돌아왔다. 나리가 정말 밤새 사라졌다. 믿을 수가 없었다. '사고를 당한 건 아닐까 아니면 그 귀여운 아기 고양이를 다른 누가 데리고 갔을까?' 우리는 몇 날 며칠 나리를 찾아다녔지만 그 후로 나리는 보이지 않았다. 나리는 내가 처음으로 마음의 문을 연 고양이였다. 어미를 잃은 아기 고양이였다. 딸이 망설일 때 나라도 데리고 올걸. 내가 진작 마음을 열지 못한 것에 대해 난 때늦은 후회를 했다. 나는 나리에게 미안했고 나리가 너무 보고 싶었다. 이미 내 마음은 나리를 키우며 행복에 젖어있었나 보다.

그 후 혹시 나리가 동물 병원이나 보호소에 있을 수도 있다는 생각에 나는 인터넷으로 유기묘를 검색했다. 매일 올라오는 유기묘 사진들을 보며 나리에 대한 그리움은 더해갔다. 한 달쯤 지나 이런 나를 보며 안쓰러웠는지 신랑은 나리 그만 잊고 다른 고양이를 키워보는 제안을 했다.

가족 넷이 함께 우리가 키울 고양이에 대하여 상의를 하고 몇 가지 해야 할 일들도 나눴다. 우리는 나리를 생각하며 동물 보호소나 동물 병원에 있는 유기묘를 입양하기로 했다. 그것이 우리에게 의미가 있었다. 난 왜 "사지 말고 입양하세요"라고 외치는지 알 것 같았다.

가까운 동네에서는 우리의 가족이 될 고양이를 찾을 수 없었다. 몇 번 헛수고를 하고, 난 인터넷에 올라와 있는 유기묘 중 우리가 키울만한 고양이사진들을 캡처하였고 딸이 키우고 싶은 고양이를 순서대로 고르게 했다. 1순위인 고양이가 나리처럼 아기 삼색 고양이였는데 서울에 있는 동물 병원에서 보호 중이었고 보호기간이 딱 다음 날까지였다. 유기묘들은 보호기간 내에 입양이 되지 않으면 안락사가 된다는 걸 알고 있었기에 서둘러 병원에 연락부터 했다. 다행히 그 고양이는 아직 보호 중이었고 다음날 다른 사람이 보러 온다고 했다. 오늘이 지나면 그 아이는 안락사를 당하거나 다른 사람에게 입양을 가게 된다. 서두르지 않으면 그 아이를 놓칠 것 같아 난 마음이 조급했다. 나는 바로 병원에 갈 수도 없었고 몇 시간 지나면 동물 병원은 문을 닫는다. 다행히 병원은 신랑의 회사에서 1시간 정도의 거리에 위치해 있었고 난 신랑에게 가능하다면 꼭 그 아이를 데리고 와 달라고 부탁했다.

드디어 신랑이 왔다. 허름한 이동장을 한 손에 들고. 이동장 안에 있는 고양이를 보니 너무나 작았다. '우리가 이 작은 고양이를 잘 키울 수 있을까?

이 소중한 한 생명을 내가 과연 잘 돌봐줄 수 있을까?' 이 아이를 만나려고 오랜 시간을 고민했구나. 난 가슴이 벅차오르고 설레었다. 아기 고양이는 하얀 털에 갈색 무늬가 예뻤고 그 무늬를 따 쌀보리라고 이름 지었다. 성은 쌀이고 이름은 보리다. 난 보리에게 우리와 같은 성을 붙여주지 않았다.

난 보리를 사람인 양 나의 자식처럼 대하고 싶지 않았다. 고양이인 보리를 그대로 존중하며 우리의 가족으로 맞이하고 싶은 마음에서였다. 지금도 난 보리에게 나를 엄마라고 칭하지 않는다. 하지만 보리가 아기처럼 마냥 귀엽고 사랑스러울땐 나도 모르게 엄마 미소를 짓는 건 사실이다.

묘연은 따로 있었다. 우연히 만난 길 고양이에게 반해 고양이를 사랑하게 되었고, 어미 잃은 새끼 고양이 나리에게 마음을 열었지만 키우지 못했다. 가까운 동네도 아닌 서울에서, 고양이를 입양하게 될 줄 누가 알았을까. 내가 고양이를 키우는 건 상상도 하지 않았던 일. 나리와의 연은 덧없이 놓쳤지만 보리와의 연은 가족 모두가 적극적으로 나서서 잡았다. 결국 보리가 우리의 가족이 되었다. 묘연은 절로 오는 게 아니었다. 묘연은 우리가 만들어야 한다.

나는 딸에게 그날 왜 나리를 데리고 오지 않았냐고 물었다. 딸은 갑자기

트럭안에 숨어있던 나리

자기가 나리를 잘 키울 수 있을지 확신이 들지 않았다고 했다. 딸은 그렇게 고양이를 키우고 싶어 했으면서도 막상 기회가 찾아오니 잡질 못했다. 그 어린 마음이 얼마나 속상했을까? 나는 한 생명을 소중히 하여 신중하게 행동했던 딸이 안쓰러우면서도 참 기특했다.

지금도 난 나리가 있던 곳을 지나면 나리가 생각나고 그립다. 나리 덕분에 보리를 만났다. 운이 좋게도 우리는 이렇게 착하고 예쁜 고양이 보리를 가족으로 맞이하게 되었다. 나리에게 고맙고, 나리도 어딘가에서 우리 보리처럼 행복한 묘생을 보내기를 진심으로 바란다.

아침에 일어나면 제일 먼저 반겨주는 고양이
반갑다고 머리 쿵–
물음표 모양의 꼬리가 당당해
밥 달라고 에–옹
놀아 달라고 애교 부리네
자는 게 천사 같아
포근하고 따뜻해
뭘 해도 그냥 다 이뻐!
존재 자체가 사랑스러워!
팔자 좋은 우리 집 고양이, 쌀 보리.
다음 생에 "난 너로 태어날란다"
말하는 나.

생일 선물은 필요 없다던 딸
딸의 10살 생일, 보리와 함께

김 유 성

학교 상장 따기; 이렇게 하면 된다

학교 '상장 따기'로 공부가 재밌다.

도서 제목 및 부제 (가칭)

- 학교 '상장 따기'로 공부가 재밌다.
- '딱지따기'로 놀고 '상장따기'로 공부하자!
- 교내 대회 상장 따라가기
- 학교 상장 따기는 최고의 공부력
- 속 시원히 다 말해주는 교내대회! 상장받기!
- 최고의 사교육? 교내 대회 상장 따기가 답이다.

저자 소개

김유성

15년 정도 외국인 회사에서 유통, 회계업무를 했다. 우리나라 최고의 교육기관에서 재무이사를 지냈고, 인사 및 물류 시스템을 정비하였다. 출산으로 재택근무를 하다가 육아로 결국 회사를 그만두었다. 첫째 아이가 초등학교 입학 당시 맘에 드는 학원이 없어 직접 공부방을 시작으로 10년이 지나 학원을 차리게 되었다. 전 과목을 가르치고 교내 대회는 물론 국내 각종 대회를 지도하였다. 지금은 과학논술, 음악논술 등 능력 있는 강사진들과 함께 학생들을 가르치고 있으며, 호주 대만 유학을 직접 현지 답사하며 유학원을 운영 중이다.

학교 교육에 대한 모든 것을 속 시원히 말해주고, Creative Director가 되어 학생들과 '배움의 즐거움'을 오랫동안 함께 하고 싶다.

기획 의도

출산과 동시에 사교육의 물결 속에서 정신을 차리기 힘들었다. 자녀교육에 대해서 궁금한 것이 한두 개가 아닌데 정작 속 시원하게 물어볼 곳이 없었다. 반 모임에서 만나는 엄마들에게 들은 말들 속에서도, 학원 상담을 통해

들은 말들 속에서도 나의 궁금증을 완전히 해소해 줄 만한 답변을 들을 수 없었다. 예로부터 교육은 '백년지대계'라 하는데, 100년 앞은 커녕 1년 앞도 예측할 수 없었다.

터치 한 번이면 모든 것이 되는 21세기라지만, 넘쳐나는 교육 정보와 내놓으라는 교육전문가들의 스피치는 내 손에 딱 잡히지 않았다. 내 아이가 다니는 학교에서 일어나는 그 교육 프로그램에 대한 이해가 필요했다.

'사커맘'(자녀 조기교육에 열성인 엄마)로 오해 받을 수도 있다는 것을 알면서도 학교 선생님께 하나부터 열까지 물어보았다.

이 책은 자녀교육에 대해서, 자녀 학교에서 하는 교육에 대해서 너무 궁금하지만 차마 물어보지 못하고 있는 학부모님들에게 '속이 뻥 뚫림'을 선사할 것이다. ○○초등학교 ○○중학교 ○○고등학교 선생님들께, 각 시교육청 담당자 분들께 종이에 적어 궁금한 것들을 물었던 그 생생한 경험들을 담았다.

주요 독자
- 유치원생 초등학생을 둔 모든 학부모
- 교내대회 참가를 하고 싶은 학생(학부모)
- 대회뿐 아니라 교내 각종 행사를 즐겁게 참여하고 싶은 학생(학부모)
- 즐겁게 공부하고 싶은 학생(학부모)

기획의 특징 및 차별성
- [실제 경험담] 책, TV에서 들은 것이 아닌, 실제 부딪치며 겪은 경험이 담긴 책
- ✔ 자녀 학교로부터 오는 이 알리미, 안내문을 정독해야 한다. 모든 공부의 시작이 학교에서 주는 정보에서부터 시작된다.

✔ 대회를 참가하는 과정을 알 수 있다.

• [실행력] 이 책을 읽고 난 후, 실행력이 생긴다.

✔ 내 자녀 학교에서 바로 실천할 수 있다.

✔ 대회를 꼭 참가해야만 하는가? 하는 궁금함이 해결된다.

• [참신한 대회정보] '대회 참가'를 통해서 배움의 진정성을 깨닫는다.

✔ 학교에서 실시하는 교내대회에 대한 이해도가 높아진다. 왜 대회가
존재하는 걸까? 를 알게 되면 대회를 참가해야 하는 이유를 알게 된다.

✔ 많은 대회들 중 참가해야 하는 대회를 고르는 힘이 생긴다.

• [진로 방향성] 내가 생각지도 못했는데, 잘해 내는 대회가 있다. 바로
그것이 나의 강점!

✔ '진로'라는 두 글자 초등학교 때부터 듣는다. 대회를 통해서 자신의
강점을 찾을 수 있다. 전 과목(국수사과영 등등)은 대회를 이끄는 힘을
키워주는 준비물이다.

✔ 어떤 진로를 택할지 모른다면, 그 해결책은 '대회 참가'에서 찾을 수
있다.

• [문제 해결능력] '대회 참가'로 실습 효과를 측정하자!

✔ 갈고닦은 학문을 대회를 통해 실현해 보는 경험을 할 수 있다.

✔ 부딪쳐봐야 알 수 있다. 내 안에 있는 학습능력을!

• [교육의 핵심] '아하, 이게 이런 교육이었구나!'

✔ 막연히 알던 교육이란 무엇인가? 교육은 왜 하는 건가?를 알게 해준다.

✔ 최소 12년을 해야 하는 교육, 알고 하면 더 신나고 재밌다.

• [기타] 기억하면 좋은 것들

✔ 교내 대회를 준비하는 과정이 학원 숙제보다 우선한다.

✔ 학원 선택 시 학교 숙제와 대회를 봐 주는 학원을 선택해야 한다.

✔ 아이를 학교에 보내면서 교내 대회를 등한시하는가! 장소에 맞는 목적성을 항상 기억해야 한다.

✔ 빠진 수업의 보강은 절대 하지 않는다.

✔ 1+1 ; 여행은 전국 대회를 참여하면서 다닌다.

✔ 전국 대회가 끝나고 대회가 열리는 지역(대구, 대전, 부산)을 여행하며 대회 엔딩을 장식한다.

✔ 그 대회 결과까지 좋다면, 학교생활의 날개를 단다.

✔ 적어도 12년 동안 다녀야 하는 학교, 날개 달고 다니는 기분을 상상해보라.

Contents

교내 대회는 학문을 하고 싶게 만든다!

Think Different!

벌써 1학기가 끝나가는 - 6월

> 교내 독서퀴즈 대회
>
> 교내 통일안보 그림 그리기 대회
>
> 교내 환경보호글쓰기 대회 /교내 환경그리기 대회
>
> 교내 지구 사랑 환경 사랑 엽서 그리기 대회
>
> 교외 바다그리기 대회
>
> 교외 푸른글쓰기대회

야! 여름방학이다! - 7월

> 교내 독서논술대회
>
> 교외 영풍문고 어린이 글짓기 대회

문제없다, 2학기 - 8월

> 교외 독서새물결주최 대한민국 독서토론 논술대회
>
> 교외 한국공학한림원 전국청소년 과학기술도서 독후감대회

이젠, 자신만만 학교생활 - 9월

> 교외 국제청소년의 날 독서토론대회

추고마비, 독서하자! - 10월

> 교외 교육청 푸른꿈 가꾸기 독서인 대회
>
> 교외 한국과학우주청소년단 우주과학경진대회 본선

심심하다 - 11월

> 교내 가족그림 그리기 대회

교내 가을 독서사진 공모전

교외 SW코딩대회

교외 초중학생 발명아이디어 경진대회

교외 예스24사 어린이독후감 대회

교외 구청주최 올해의 책 독서 골든벨 대회

교외 구청주최 청소년 예능대회-시/그림/산문

친구들이랑 크리스마스 - 12월

교내 도서관행사-나만의 책표지 만들기 대회

교외 우체국 예금보험 글짓기대회

교외 도서관 다독어린이 선발대회

교외 한국감정원 온실가스 감축 독후감 공모전

책 읽기 딱 좋은 - 1월

교외 선사박물관 도전! 역사 퀴즈왕 대회

반경 10km이내(집에서)부터 박물관 미술관 투어 - 2월

지극히 즐거움 중에서 책 읽는 것에 비할 것이 없고,
지극히 필요한 것 중 자식을 가르치는 일 만한 것이 없다. [명심보감]

치열했다. 나의 학창 시절은! 만약 내가 결혼이란 걸 한다면, '맞벌이 무자녀 가정' 바로 '딩크족' 가정이었다. 고등학생 때부터 결심했던 바였다. 드라마에서도 현실에서도 책임지지 못할 자녀를 낳는 부모들이 도대체 이해가 되지 않았다. 책임 있는 결혼이 '딩크족'이라고 생각했다. 그런 내 인생에 엄청난 변화가 찾아왔다.

결혼 후 6년이 지난 어느 해 나는 6월 첫째, 2년 후 둘째를 만났다.

진짜 전쟁이 시작되었다.

두 아이를 만나기 이전의 나의 삶은 '치열하다' 말할 수 없게 되었다. 육아는 내게 20kg의 무게를 늘려주었다. 두 아이 교육은 내게 '승부욕'을 솟구치게 했다.

가베 영어유치원 레고 바이올린 맥포머스 보드 게임 등

육아의 세계에 들어오기 전까지는 한 번도 들어본 적이 없는 외계어들이었다.

아이가 배울 때, 나도 함께 배우면 설마 내가 못하겠어!

딱 한 가지 생각이었다. '5살 6살.....8살인 아이도 배우는데 내가 그때

마다 연구하면 나는 아이를 가르칠 수 있다!' 라는 확신이 있었다.

교과서를 믿자!

너무 많은 출판사의 교재들 중에서 고를 수가 없었다. 그래서 생각했다. '교과서'가 되기까지 고르고 다듬어진 최고의 교육서 '교과서'를 공부하는 것이 바로 교육의 지름길이다.

책을 읽으라면 읽으면 된다!

'독서'는 수 세기 동안 중요하다고 강조 되어왔다. 그럼 하면 된다! '가슴속에 만 권의 책이 있어야 그것이 흘러넘쳐 그림과 글씨가 된다' [추사 김정희]

학교에서 하는 동아리, 대회 활동을 참여하자!

1년중 10개월동안 24시간 중 5~6시간을 머무는 곳이 학교이다. 자녀가 머무는 곳, 자녀의 상당한 시간을 할애하는 학교에서 주최하는 것을 하는 것은 마땅하다.

상장 따기는 땅따먹기 게임이다.

상장이 하나씩 늘어날 때마다 아이에게 학교는 의미가 된다.

이젠 제법 학생티가 나는 - 5월

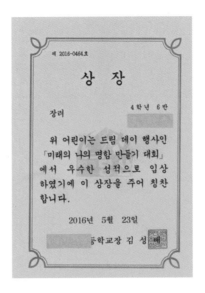

　　요즘 초중고에서는 '진로 찾기'를 많이 한다. 그만큼 '진로'가 중요하다는 말이다. [미래의 나의 명함 만들기 대회]는 수업 시간 중에 치러지는 대회이다. 주간학습계획에 기재되어 있다.

　　대회 시간 : 1교시 동안
　　대회 주제 : 미래 나의 명함 만들기
　　대회 형태 : 개인전

이 대회의 특징은 그림을 얼마나 잘 그리느냐보다 자신의 꿈을 얼마나 잘 표현해 내느냐가 중요하다.

episode

초등, 중등, 고등에 거쳐 매년 [미래 나의 명함 만들기 대회]를 한다. 둘째가 말하길 진로 찾기를 통해 아주 많은 꿈이 생겼다고 한다. 고민은 꿈이 계속 바뀌어서 걱정이다! 라며 자기 뭐 해먹고 살면 좋겠냐고 묻는다. 기억하기론 초등 3학년때는 첼리스트, 초등 4학년때는 만화가, 초등 5학년 때는 영어선생님, 초등 6학년때는 가수였다. 중등 3학년때는 학원 일타 강사로 이름을 날리는 것이라 한다.

과연 둘째가 뭐가 될지 궁금하다. 이제 곧 고등학생이다. 고등학교 선호도 조사를 하는데 어느 학교를 가면 좋냐고 벽을 긁어대며 몸부림친다.

요즘 둘째 고등학교 배정 이슈로 가족들은 둘째를 피해 다닌다. 뭘 말 해도 이미 둘째의 답은 정해져 있어 보인다.

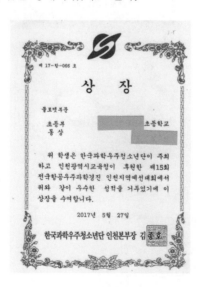

'과학'은 나라의 미래를 결정하는 중요한 영역이다. 수학, 영어 학원은 동네에서 쉽게 찾아 볼 수 있다. 왜 '과학'학원 찾기는 어려운 걸까?

학교 안내장을 통해 '한국과학우주청소년단'이 있다는 것을 알게 되었다. 이 대회는 교외대회이다. 지도는 해당 학교 과학 선생님 (우주소년단 청소년 단체 담당 선생님)이 주로 맡아서 하신다.

교내에서 우주청소년단원 모두 시 대회를 참가 할 수 있다. 시 대회에 앞서 교내 예선전을 치르지 않는다는 점이 좋다. 단원 누구나 시 대회에 참가할 수 있다. 시 대회에서 우수한 성적을 받은 학생들은 가을에 전국 대회에 참가할 수 있다.

위 상은 둘째가 받은 상이다. 첫째는 시 대회에서 금상을 수상하여 가을에 대구에서 전국대회를 참가 하였고, 전국대회 2위인 금상을 수상 하였다.

시대회 예선
대회 시간 : 약 1시간 정도
대회 장소 : 해당구 지정 초등학교
대회 형태 : 개인전
대회 진행 : 한국과학우주청소년단 소속 선생님들의 감독하에 진행

episode
첫째가 초등 3학년때 시 대회 금상을 수상했다는 전화를 학교 선생님 으로부터 전화를 받았다. 얼마나 기뻤던지 소리를 질렀던 기억이다. 9월 중 토요일, 대구에 오전 9시까지 대회에 참가해야 했다. 몇 달 뒤라 우리는 여행 계획을 세웠다. 우리 집 '대회 & 여행의 콜라보'의 시작이 이때부터

시작되었던 것 같다.

일정
대회 하루 전 날 대구 호텔 도착 (KTX 이용)
대구에서 차량 렌트
대회 당일, 대회 참석 (물로켓 대회는 오전 일찍 잡혀서 오전에 대회 종료)
대회 참가 후 대구 시내 맛집, 명소 투어 시작
다음 날 오후 집 도착

이런 여행 코스가 딱 내 스타일이었다. 여행만을 목적으로 일정을 잡지 못하는 내 성격엔 안성맞춤 여행이 등장했다. '대회&여행'은 자녀교육에 힐링 로드맵을 열어주었다. 전국 방방곡곡 투어를 남들과 다른 색다른 이유로 하게 되는 점이 더욱 맘에 들었다. 우리에게 '대회'는 다른 말로 '여행'이다. 대회를 간다고 설레는 우리 집 아이들은 동네에서 신기한 아이들, 공부를 즐기는 아이들로 알려졌다.

운 좋게도 집에서 가까운 곳에 어린이 과학관이 있다. 2018년 제1회 과학 글쓰기 대회가 시작되었다. 이 대회의 상이 특히 의미가 있다. 이유는 다른 대회는 온라인으로 제출하거나 백일장으로 부모님들과 함께 있으면서 치러진다.

이 대회는 대회장에 아이들만 들어가서 약 2시간 동안 치러지는 글쓰기 대회이다. 오로지 아이가 알고 있는 지식으로만 글쓰기를 하게 된다. 밖에서 기다리는 시간 동안 나도 손에 땀을 쥐게 했던 대회였다. 지금도 그때 그 현장이 생생하게 기억나는 대회이다.

몇 주 후 대회 결과 발표가 났다. 최우수상이라는 좋은 성적을 거뒀다. 기뻤다. 그 동안 한 독서가 빛을 발하는 순간이었다.

읽었던 책
내일은 실험왕/내일은 발명왕/내일은 로봇왕 시리즈
브리테니커 백과사전 시리즈
그 외 전국대회 도서목록 중 과학 부분에서 한 권씩

내일은 실험왕/발명왕/로봇왕 – 전 시리즈를 한꺼번에 구입하지 않았다. 2주에 한 권씩 구입하여 읽고, 실험했다. 첫째, 둘째에게 같은 책을 각각 1권씩 사줬다. 이유는 실험키트를 각자 하기 위해서였다. 내일은 실험왕 시즌 2를 중등, 고등이 된 지금도 필독하고 있다.

둘 다 과학 이해도가 높다. 과학성적은 항상 우수하다. 고등학생인 첫째는 과학시간에 질문에 대답도 잘한다. 어떻게 아냐고 물었더니, "내일은 실험왕에서 나와서 안다"라고 대답했다.

이 시리즈를 독서할 때 중요한 포인트는 정보전달 부분을 꼭 읽어야 한다. 만화만 읽으면 안 된다. 과학지식 부분을 읽으려면 꽤 많은 시간이

든다. 만화책이라고 얕보면 안 된다.

　초등 중등 영재원에서도 내일은 실험왕은 필독서이다. 영재원에 온 학생들은 대부분 다 읽고 있는 듯하다. 내일은 실험왕 덕후학생들은 시즌 1 시즌 2 제목을 달달달 외우는 학생도 있다. 과학적 사고를 키우고 싶다면, 꼭 필독하기를 권장한다.

episode
"과학 잘 하는 아이로 키우고 싶어요? 뭘 어떻게 했나요?"
"내일은 실험왕 시리즈 필독하면 돼요"

"정말 그것만 하면 되나요?"
"네, 됩니다. 단, 시리즈를 한 번에 구매하지 말고요. 한 권씩 구매하세요."

"왜요?"
"한꺼번에 구매하면, 질려서 안 읽을 수 있어서요"

[나라의 미래는 '과학교육'에 달려있다!]

벌써 1학기가 끝나가는 - 6월

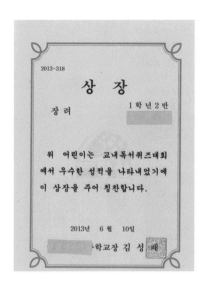

교내독서퀴즈대회, 책만 읽으면 모든 학생이 가장 손쉽게 할 수 있는 대회이다. 독서퀴즈대회를 준비하는 과정을 안다면 그렇게 어려운 것도 아니다.

독서퀴즈대회 준비과정
1. 중요하다고 생각하는 문장에 밑줄 친다.
2. 밑줄 친 문장을 컴퓨터에 타이핑하여 50-100문제를 만든다.
3. 프린트하여 2~3번 푼다.

아무리 정독을 해도 독서퀴즈대회 상세한 문제 하나하나의 빈칸을 채우긴 어렵다. 그렇다고 당황할 필요는 없다. 독서퀴즈대회를 목적으로 책을 읽어야 한다. 독서를 이렇게 하는 게 맘에 안 들 수 있다. 그럼, 오이는 항상 주인공일까?

오이소박이에서 주인공은 '오이'이다.

김밥에 들어가는 오이는 주인공이 아니고 조연이다.

'오이'라는 식재료가 어떤 음식으로 만들어지느냐에 따라 역할이 달라진다.

독서도 그 목적에 따라 방법이 달라야 한다. 퀴즈대회는 위에 제시한 방법이 가장 효과적이다.

대회시간 : 1교시
대회주제 : 교내독서퀴즈대회 선정 도서에 관련 퀴즈
대회형태 : 개인전

초 3때가 되면 타이핑을 가르쳤다. 집에서 아주 짧은 것부터 가르쳤다. 초 4학년부터는 아이가 직접 독서퀴즈대회 문제를 만든다. 초 1때부터 보고 배웠으니 타이핑하며 문제를 만드는 일은 아주 자연스러운 일이다. 모든 가르침이 첫 발이 귀찮고 어렵다. 그러나 그 단계만 잘 가르쳐 놓으면 더 어려운 단계에서 놀라운 일이 벌어진다. 바로! 아이가 혼자 해내는 기적이 일어난다.

한글 쓰기, 영어 쓰기, 영어 파닉스 공부, 독서록 쓰기, 그림일기 쓰기, 수학 공부 개념 읽고 풀기 등을 할 때 속도를 버리고 제대로 하는 것에 온 힘을 집중해야 한다. 처음 배우는 것을 할 때 아주 느리게 제대로 가르쳐야 한다. 요즘 공부가 얼마나 어렵던가! 엄마가 봐 줄 수 없는 단계의

학문을 직면하게 될 때가 있다. 바로 그때 아이가 그 동안 갈고닦은 내공
으로 어려운 학문을 해결하는 모습을 볼 수 있다. 해결해 내는 아이 옆에서
엄마가 할 일은 '기다림'뿐이다.

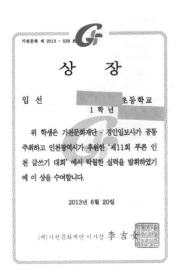

매년 4월경 가천문화재단이 주최하는 '푸른 인천 글쓰기대회(www.
greenincheon.co.kr)'가 열린다. 이 날은 우리집 소풍가는 날이다. 김밥,
과일, 음료를 준비한다. 행사장에 일찍 가야 좋은 자리를 잡을 수 있다.
오전 10시~오후 5시까지 행사가 진행된다. 대회 마감 시간을 알리는
종소리가 울리기 전까지 글을 제출한다.

　우리는 김밥 먹으면서도 쓰고, 풍선 사러 매점에도 가고, 자연과 함께
사진도 찍고 글도 쓴다. 대회장은 하루 종일 우리 집 소풍 장소이다. 빨리
쓰고 집에 가려는 서두름 따위는 하지 않는다.

　제21회 푸른 인천 글쓰기대회는 내용은 아래와 같다. 아쉽지만 초등학생
까지만 참가대상이다. 초등이 지나면 하고 싶어도 할 수 없으니 우리는

이 대회를 초등때 즐겨야 한다.

제1회 푸른인천 글쓰기대회

구 분	진행내역	비고
테마	• 친환경	
참가대상	• 전국 초등학생 · 동일 연령 청소년 및 학부모	
대회부문	• 시, 산문, 수기	
접수방법	• 4/21(금)까지 참가자 개별 접수(글쓰기대회 홈페이지 (http://www.greenincheon.co.kr) 개인접수	
주 제	• 현장발표	
대회장소	• 4/22(토) 13:00 인천대공원 문화마당(구, 야외극장)	

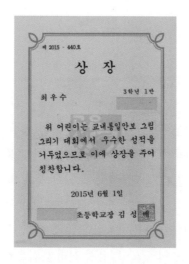

'통일'이라는 단어가 엄마인 나에게도 멀게 느껴진다. 하물며 우리 자녀
세대는 더 감을 잡기 힘들다. 속담 책, 명언 책, 단어 책과 책을 읽어 본 적이
없다. 사실 그 책들은 읽을 때는 다 이해가 되는 것 같지만, 돌아서면 기억이
가물거린다.

'통일 안보'라고 초등3학년 10세 자녀가 물어 본다면 나는 정확하게 설명해 줄 수 있을까? 통일 안보는 '평화로운 일상을 지키는 것' '안전 보장'의 줄여 이르는 말이다. 그럼 통일은 뭘까? '통일'은 '하나로 합치다'이다. 우리나라 국민들은 '통일'하면 남과 북이 하나가 되는 것을 떠올릴 것이다.

대회가 존재하는 목적은 '경쟁'이 아니다. 대회는 학문을 연구하기 위한 것이다. 아이뿐만 아니라 나도 대회 참가하기를 통해서 아주 많을 것을 배웠다. 아이들과 함께 관련 도서를 찾아 읽는다. 한 대회를 참가하기 위해 여러 관련 도서를 읽고, 원하는 자료를 찾을 때 기분은 말로 표현하기 힘들 정도로 뿌듯했다.

episode
남들은 대회를 너무 나가는 거 아니냐
아이를 너무 혹사 시키는 게 아니냐
이 정도면 대회 중독인 거 아니냐

다 맞는 말이다.

나는 대회 나가기 '덕후'이다.
자녀교육을 어떻게 해야 할지를 몰랐다.
아무것도 모르겠기에 대회 참가를 했다.

대회 속에 답이 있었다.

2023년 '내 인생의 첫 책쓰기' 심화 과정 커리큘럼

연번	주제
1	구상1_주제, 책을 관통하는 키워드
2	구상2_글감, 어디서 찾을까?
3	기획1_끌리는 컨셉은 무엇이 다른가?
4	기획2_누구에게 무엇을 전할 것인가?
5	집필1_전체 원고, 일단 마침표를 찍자
6	집필2_글쓰기 노하우
7	집필3_쓰기보다 중요한 고쳐 쓰기
8	출판_어디서 출간할 것인가?

나는 글쓰기로 설렌다. 2

발행일　　2023년 10월 21일

공저　　　김미성 · 김민정 · 김선혜 · 김유성

발행처　　인천광역시교육청

주소　　　인천광역시 남동구 정각로 9(구월동)

전화　　　032.423.3303

제작·디자인　베리즈 코퍼레이션

ISBN　　979-11-974423-8-4 (03800)